Extension World 1　発現

古谷美里

ディスカヴァー文庫

Discover

ディスカヴァー文庫

Extension World 1
発現

古谷美里

Discover

目次

プロローグ

きゃあ！　という少女の短い叫び声が教室に響き渡った瞬間、帰りの支度をしていた宮本瞬《みやもとしゅん》は顔を上げた。

少女は地中を這う芋虫のように身体をくねくねさせ、甲高い声でキーキーと叫んでいる。この季節になるとアイツがよく教室に入ってくる。そうか、この女は蝉に怯《おび》えているのか、と瞬は思った。

思えば蝉はいったい何のために生きているのだろう。7年間を土の中で過ごし、たった10日しか地上で生きることができないにもかかわらず、地上に出たら出たで〝気持ち悪い〟と叫び声を上げられる。どこにも居場所がない蝉を、瞬は自分に重ねて暗い気持ちになった。

瞬は少女の肩に止まった蝉をつまみあげると、窓の外へと放った。

「……怖かったぁ。ありがとう」

お前のためじゃない。10日しか生きることのできないアイツのためだ。瞬は心の中で毒づくと、少女に背を向けて立ち上がった。

「瞬くんって、今日は忙しいの？」

瞬はわざと聞こえるようにため息をついた。

「……急いでるんだ」

「少しの時間もないかなぁ？　もうすぐ合唱コンクールだから、瞬くんも一緒に練習……」

「ごめん」

「そっか……なら仕方ないよね」

少女はそう言うと、媚びたような表情で瞬を見上げた。その顔があまりにも滑稽で、瞬は思わず吹き出しそうになった。

「何？　私の顔に何かついてる？」

少女は嬉しそうな様子で瞬に微笑みかけると、頬をほんのりとピンク色に染めた。

教室を出ていこうとすると、担任の安藤《あんどう》に呼び止められた。同級生は自分を特別扱いしてくれるが、どうやら教師には通用しないらしい。瞬はやれやれ……といった表情で立ち止まると、不快感を隠そうともせず、ふてぶてしい態度で安藤を見上げた。

「何ですか？」

「転校してきて1ヶ月だろ？　そろそろ学校にも慣れたか？」

「はぁ……まぁ」

「そろそろ合唱コンクールの練習にも参加したらどうだ？　クラスの皆と打ち解けるチャンスじゃないか！」

安藤はがたいの良い身体を揺らしながら豪快に笑った。瞬は安藤から目を逸らすと大きくため息をついた。昔から安藤のような熱血教師は苦手だ。こういう教師は物事を表面上でしか判断せず、本質をとらえようとはしない。

「すいません。家庭の事情があるので……」

瞬は何食わぬ顔で安藤の横を通り過ぎようとしたが、安藤は瞬の肩を力任せにぐいっと引っ張った。

「ちょっと待てよ。家庭の事情つったって、別に親御さんに何かあるわけじゃないんだろ？」

「門限があるんです。それを破ると母がおかしくなるので……」

「それはあれか……？　精神的な問題か？」

安藤の不躾な質問に、瞬は思わず顔をしかめた。母親が精神的な問題を抱えていたとしても、そのことを安藤に話す義理など微塵もない。

「精神的な問題を抱えていたとしたら何か問題でもあるんですか？」

瞬の挑みかかるような気迫に気押されたのか、安藤は気まずそうな様子で笑った。

「ま、親ってのは面倒くさいもんだ。宮本も転校して日が浅いんだから、自分から積極的に皆の輪の中に入っていくようにしないとダメだぞ」

「……」

「まぁ、何かあれば先生に何でも相談すること！　ここは東京とは違うけど、自然豊かだし、住み心地も最高だからな」

「そうですね。自然以外には何もないですけど」

瞬の皮肉にも気づかない様子で、安藤はニコニコとした笑みを浮かべている。

「宮本は本当にクールっていうか……なんか垢ぬけてるよなぁ。東京の学校でもそんな感じだったのか？」

安藤の言葉に、瞬は思わず押し黙った。キーンと突き刺すような鋭い痛みが脳内を駆け抜けてゆく。

「宮本？　どうかしたか？」

東京での学校生活を思い出そうとするたび、決まって激しい頭痛に襲われる。何度か病院に行き下された診断は、ストレス性の解離性健忘障害であった。どうやら強いトラウマが引き金となり、部分的な記憶がすっぽりと抜け落ちている状態らしいが、心の奥底から聞こえる〝思い出せ〟という声は日を追うごとに大きくなってゆく。

瞬は息を大きく吸い込むと、ゆっくりと呼吸を整えた。

「もう行っていいですか？」

瞬は戸惑っている様子の安藤に背を向けると、足早にその場から離れた。


校門を出ると、校庭の周りに植えられた木々からは狂ったような蝉の鳴き声が巨大な塊となって聞こえてくる。瞬は顔を上げて、その声に耳を澄ました。東京にいた時も蝉がうるさかったな。そう思った途端、爽やかだった夏の空が急に薄気味悪く黒ずんだ雲に覆われ、今にも雨が降り出しそうな空模様へと変化していった。山の天気は変わりやすい。早く帰らないと一雨来ることになりそうだ。

瞬は家へと続く一本道を見上げると、肩にかけていた鞄を背負い直した。早く帰って母を安心させなければいけないという焦燥感から、瞬は緩やかな坂道を足早に登り始めた。

「そんなに急ぐ必要はないんだよ」

急に背後から声をかけられ、瞬は足を止めた。身体が金縛りにあったかのようにビクとも動かない。背筋から襲ってくる得体の知れない冷気を前に、瞬はガチガチと歯の根も合わぬほど全身を震わせた。後ろを振り返ってはいけないと、瞬の本能は必死に告げている。

「誰だ?」

目の前に広がる帰り道を見つめながら、瞬は小声で呟いた。振り返ってはいけない。そう自分に言い聞かせていなければ、今にでも後ろを振り返ってしまいそうだ。

「迎えに来た」

今日は厄日だ、と瞬は思った。いや、自分は生まれてから今まですべてが厄日なのかもしれない。どうやら自分はこの声の主に抗うことは不可能らしい。

遠くで雷鳴が鳴り響いたと同時に、瞬は後ろを振り返った。


宮本政子《まさこ》は縁側に腰かけ、夕日の沈む山々を見つめていた。夕日に照らされた山々は、切り取られた影絵のようにその輪郭を浮き立たせている。

古い木造2階建ての民家ではあったが、母と子の3人で住むには十分すぎるほどの広さであり、不便な立地であること以外、政子は長野県白馬村での生活にある程度満足し始めていた。家の周囲は子供の背丈ほどの石垣で覆われており、庭には雑草が生い茂っている。外側から内部の様子がうかがいしれない造りになっているところも、政子は気に入っていた。

政子は夕暮れが嫌いだった。血のように赤く染まった空は、常に言いようのない不安を掻きたてる。夫である宮本正明《まさあき》が死んでから今日で1ヶ月近く経つ。正明の死後、政子は誰にも行き先を告げず、半ば夜逃げのような形で息子と娘を連れて東京の家を後にしたが、本当に〝あの男〟から逃げきることができるのだろうか。政子はぶるっと小さく身震いすると、頭を小さく振った。

部屋に視線を向けると、古い掛け時計は19時を指している。いつもなら瞬が学校から帰ってきているはずの時間なのに、静まり返ったままの玄関からは音のする気配が全く感じられない。

何かあったのだろうか。政子は立ち上がりリビングへと向かったが、ふと視線を感じて振り返った。視線の先には、正明の遺影がひっそりと飾られている。政子は遺影の前で正座すると、目を瞑りそっと手を合わせた。何かに祈らなくては正常な精神を保つことはできそうにない。正明さん、私と子供たちを守って……。

ゆっくりと目を開け、再び遺影に目を遣った瞬間、政子は凍りついた。正明の目にうっすらとした赤い染みが広がっているのだ。

来る。政子は直感した。〝あの男〟はもうすぐここにやって来る。逃げなくてはいけない。

政子は2階へ続く階段を駆け上がり、子供部屋のドアを乱暴に開けると、寝室で寝息を立てていた杏を強く揺さぶった。

「杏《あん》！　起きなさい。今すぐ行かなきゃいけないの！」

「なぁに？　おじちゃんが迎えに来るから？」

杏の言葉に、政子は思わず息を飲んだ。この子は知っているのだ……。あまりの恐怖から、立っていられないほどの震えが襲ってくる。早く早く早く……！　錯乱状態の中、政子は杏の手を引くと、ふらつく足取りで玄関へと向かった。一刻も早くここから逃げなくてはならない。いったい瞬は今どこにいるのだろうか？

政子は玄関のドアを開けると、杏と共に表通りへと出た。街灯が全くない田舎町はすでに夕闇に包まれており、ヒューヒューと響く耳障りな風の音だけが周囲に響き渡っている。

「瞬ー！」

心の奥底では無駄だと知りつつも、政子は瞬の名を何度も何度も呼んだ。

あと3ヶ月で定年を迎える森村和也《もりむらかずや》は、その日も普段と変わらず一日が終わるものだと思っていた。

片田舎の駐在所に持ち込まれる事件と言えば、飼っていたペットが逃げ出しただの、自宅の屋根が崩れかけているだのといった比較的小さな事件ばかりであり、定年間際にただただ楽をしたかった森村はここでの仕事が気に入っていた。

時計の針が20時を告げている。今日も平和な一日が終わった、と森村は軽く笑って伸びをした。今日の当直はまだ来ないのか、と外を覗こうとした矢先、駐在所のドアがガラッと開き、一人の女が鬼気迫る形相で飛び込んできた。女は髪を振り乱して息を荒げていたが、森村はその女を一目見るなり思わず息を飲んだ。未だかつて、こんなに美しい顔立ちをした女がいただろうか。長い黒髪はシルクのような輝きを放っており、つけ睫毛と見間違えるほどに長い睫毛は、アーモンド形の瞳の上で綺麗なカーブを描いている。真っすぐに伸びた鼻梁は女の顔全体に高貴な印象を与えていた。

森村が女の顔に見惚れていると、女は息を整えながら顔を上げた。

「あの……」

女の声で我に返った森村は、慌てて椅子に腰かけるよう勧めた。

「えっと……。どうされました？」

「うちの息子を知りませんか？」

絞り出すような声で女は訴えた。

「それは今日の話でしょうか？」

「はい」

「息子さんはいくつになりますか？」

「16歳です」

なんだ……心配症の母親が駆け込んできたのか、と森村は内心で毒づいた。今時の高校生は20時過ぎても遊んでいるなんてザラじゃないのか。20時に帰ってこないことくらいで警察に来られちゃあたまったもんじゃないな、と森村はまだ見ぬ少年に同情した。

「お母さん、まだ20時でしょう？　そのくらいまで友達と遊ぶこともあるでしょうよ」

「違うんです！」

女のあまりの剣幕に、森村はたじろいだ。

「何か心当たりでも？」

女は少し逡巡した後、顔を上げて森村を見た。その瞳は燃えるように美しく、森村は思わず目を逸らした。真っすぐ見つめ続けていたら頭がおかしくなりそうだ。

女は森村から視線を逸らし考える素振りを見せた後、首を横に振った。その不自然な様子から女が何かを隠していることは容易に想像がついたが、定年間際になってまで面倒なことに関わりたくはない。俺は帰って溜まったAVを見なくてはいけないのだ。

森村は何とか穏便にこの場を切り抜けようと決めると、強張った笑みを浮かべた。

「ねぇ、お母さん。落ち着いてくださいよ。まだ数時間しか経ってないですし、思春期のお子さんでしょ？　家出ってことはないんですかい？」

「家出ならどれだけいいか……」

女の目からは大粒の涙がこぼれ落ちようとしている。森村は慌ててポケットからくしゃくしゃのティッシュを取り出し、差し出した。女はティッシュを受け取ると、それをそっと目頭に押し当てている。その一連の仕草は妙に官能的であり、森村の胸はにわかに高鳴った。

「おじちゃん、ママのこと好きなの？」

森村がぎょっとした顔で辺りを見回すと、女の背後から5、6歳の少女が一歩前へと出てきた。少女は真っすぐに森村のことを見つめている。自分の暗部に至るまで、すべてを見透かしているかのような少女の瞳を前に、森村は思わずたじろいだ。

「あ、いや……。そんなことはないよ。おじちゃんは仕事をしているだけだよ」

「嘘つき」

少女は小さな丸椅子に腰かけ、足をバタバタとせわしなく動かし始めた。いったいいつからいたのだろうか。生意気なガキだな、と森村は心の中で小さく舌打ちをした。

「あの、捜査はしていただけないのでしょうか？」

森村の下心を見透かしたように、女は媚びるような目で尋ねてきた。

「確証がないとなかなか動けなくてね。ましてやこんな田舎だとねぇ」

「そうですか……」

森村は女の前に失踪届とボールペンを置いた。

「とりあえずこれに必要事項を記入してくださいな」

「杏が書くぅ」

少女は得意気に失踪届とボールペンを自らの元へ引き寄せた。

「こら、いかんいかん」

失踪届を取り返そうとした森村は、女の視線が奥の一点に向けられたまま固まっていることに気づいた。

「どうしました？」

女の視線を追うように後ろを振り返ると、森村の後ろに置かれた22インチの小型のテレビでは夜のニュースが放送されており、新潟県で中学生の女生徒が行方不明になっていると報道記者が伝えている。

「最近行方不明事件が多くて物騒ですなぁ。そういえば、お宅、宮本政子って女性知ってます？」

森村が何気なしに言った一言で、女の顔色がさっと青ざめた。

「……その女性がどうかしたんですか？」

「今朝、本署から連絡がありましてね。行方不明の女性だったみたいですけど、ここら辺で目撃情報があったみたいなんですわ。えーっと、顔写真も確かFAXで送られてきてたはず……」

森村が席を立とうとするより早く、女は荷物を持って立ち上がった。

「あの、お帰りになられるんですか？　失踪届は？」

「私がここに来たことは、なかったことにしていただけないでしょうか？」

「そんなことを言われましてもねぇ」

「お願いします。杏、行くわよ」

手渡された失踪届にボールペンで落書きをしていた少女は、ほら見て！　と嬉しそうに紙を翳した。森村はその紙を見た瞬間、身体を強張らせた。胸の中に正体不明の恐怖が広がってゆく。何なんだ、これは……。森村は小声で呟いた。

少女の広げた紙一面には〝助けて助けて助けて……〟という文字が並んでいた。

第一章

誰もいない編集部内を見渡し、佐伯奈美子《さえきなみこ》は大あくびをした。腕時計の針はすでに深夜0時を回っている。『週刊 news wide』に配属されて2年目の今年、奈美子はついに特集記事を一本任されることになっていた。来週の月曜日の企画会議までには何とか良案を出さなくては、と意気込んでみるものの、気持ちばかりが先行し、なかなかアイデアは浮かんでこない。

「あー、お酒が飲みたい」

誰もいない社内で、奈美子は一人呟いた。今日は金曜日だし、何人か友人たちに連絡すればどこかこの界隈で飲んでいる子がいるかもしれない。奈美子は淡い期待を胸に携帯電話に手を伸ばそうとして、非通知の着信があったことに気づいた。まただ、と奈美子は眉間に皺を寄せた。20歳の頃から頻繁にかかってくる非通知の無言電話も、今年で5年目だ。最初の頃は気味が悪かったが、忙しさにかまけてそのまま放置した結果、5年の月日が経っていた。

「この人、本当暇だよなぁ……」

奈美子はディスプレイを見ながら呟いた。こっちは猫の手も借りたいくらい忙しいのに随分といい気なものだ、と思わずため息が出る。友人たちにこのことを話すと決まって、警察に相談した方がいいと勧められたが、どうせ無言電話をすることしかできない臆病者の仕業だ、と奈美子は笑い飛ばしていた。

今日はもう帰って寝よう、奈美子は鞄を持って立ち上がった。いつの間にか飲みに行きたい気持ちは薄れてしまっている。それも全部こいつのせいだ、と奈美子は携帯電話を鞄の中に乱暴に放り込んだ。


外に出ると初夏の生暖かい風が、奈美子の頬を撫でつけた。自然とシャツが汗ばんでくる。奈美子は足早に駅へと向かった。

自宅のある中野駅のホームに降り立つと、奈美子はふいに背中に奇妙な悪寒を感じ、今この瞬間誰かが自分を見ている、と直感した。後ろを振り返るが、該当する人物らしき人影は見当たらない。

職業柄、張り込みなどを数多くこなしていると、どうしても人の視線に敏感になる。加えて、奈美子は幼少の頃から妙に勘が鋭く、大人たちから怖がられることも多かった。その勘の鋭さは仕事面でも存分に生かされており、現在奈美子の情報収集能力の高さは編集部内で高く評価されている。

しかし、今現在奈美子に向けられている視線はどう考えても好意とは真逆の、憎悪にも似た激しい感情である。今日は何か良くないことが起こりそうだ、と奈美子の第六感は告げていたが、それを回避するための手段までは教えてくれそうになかった。

駅から徒歩10分ほどの距離に位置する奈美子のマンションは、住宅街からさらに路地を一本入った人通りの少ない場所に面している。奈美子はタクシーに乗ろうか迷ったが、ふいに自分に憎悪を向けている視線の主と話がしてみたくなった。恐らく5年前から無言電話をかけ続けている人物だろう、と奈美子は直感した。極端なまでに物事をハッキリさせたい性格の奈美子にとって、今日のような機会はありがたい。こうなったら徹底的に問い詰めてやろうと思った。今までの人生、この無鉄砲な性格が災いし何度となくトラブルに巻き込まれたが、それでも真実を知ることの方が奈美子にとっては重要であった。

奈美子は駅から自宅への道のりをゆっくりと歩き始めた。住宅街に入る角を曲がったところで、チラリと後ろを振り返る。黒いニット帽を深く被った大柄の男が視界に入った瞬間、奈美子は既視感を覚えた。あ……この人……、と奈美子が思い出しかけた瞬間、男が奈美子に向かって猛スピードで突進してきた。

気づけば奈美子は道路に押し倒され、男に馬乗りにされていた。男の手に光るものが見える。ナイフだ……！　と気づいた時には、それは空中に振り上げられていた。

どうして自分はこんなにバカなのだろうか、つくづく自分が嫌になる。歴代の彼氏たちからも散々無鉄砲だと言われ続けてきたのに、弱虫の戯言だとすべて無視してきた。けれど男に押さえつけられ、ナイフを向けられている今の自分はどう考えても弱い存在であると痛感させられた。死にたくない、そう奈美子が思った瞬間、目の前に馬乗りになっていた男がいきなり吹き飛び、地面に大の字になって倒れた。男はコンクリートの上で苦悶の表情を浮かべている。一瞬何が起こったか分からなかったが、自分がまだ殺されていないことは確かであった。

奈美子は素早く状態を起こし、自分を襲った男の顔を覗き込み、思わず声を上げた。

「え？　石井《いしい》先生……」

そこにいたのは、奈美子が大学時代に所属していた空手部顧問の石井だった。石井は伝統空手である松濤館流を軸に数々の大会で名を馳せてきた強者であったが、女癖が悪く、指導の際には不必要に女生徒の身体に触れることが多かった。正義感の強かった奈美子が石井のセクハラ行為を学生部に報告し、本人にも真正面から食って掛かったため、結局その後、石井は顧問をクビになったと聞いている。5年経った今でも、石井の茹でだこのような怒り顔は忘れられない。

その石井がたった今自分に襲いかかり、自分を殺そうとしたのだ。奈美子の背中に悪寒が走った。全くどこで恨みを買うか分からない時代であることを痛感させられる。

ようやく気持ちが落ち着き、奈美子は辺りを見渡した。その時初めて、自分の横に若いTシャツ姿の男性が立っていることに気が付いた。

「あれ……？　さっきからいました？」

奈美子は自分でも変な質問だと思ったが、それほど男は存在感を消し去っていた。

「気を付けた方がいいよ。警察もう来ると思うけど」

男はくいっと顎で石井を指すと、近くにあったナイフを蹴り飛ばした。

奈美子は今一度、目の前にいる男を凝視した。陶器のように滑らかな肌の上に、形のいい鼻、形のいい唇が完璧なバランスで配置されている。男の端正な顔立ちは思わず見とれてしまうほどであったが、その表情は人形のように冷たく、黒く澄んだ瞳は悲しげな光を放っていた。まさか、この男が空手四段である石井を一瞬で倒したのだろうか。確かに男の胸板は厚く、Tシャツの上からでも細く引き締まった肉体であることが容易に想像できるが、石井との体格差を考えてみてもあの石井を一瞬で倒したとは考えにくい。けれど、石井の右頬にはくっきりとした青痣ができており、それは殴られた時にできたものに間違いなかった。

「助けてくれたのって、あなただよね？」

男は奈美子の質問を無視して、駅の方へと歩き始めた。

「ちょっと待ってよ！　あなたが助けてくれたのかって聞いているの！」

どうも興奮するとつい語気が荒くなる。奈美子は声を荒げたことを後悔した。

男は足を止め、奈美子の方を向いた。

「だったら何？」

「どうやって倒したの？　だってあの人、空手四段なのに」

遠くの方からパトカーのサイレンの音が近づいてくる。男は面倒くさそうな表情を浮かべた。

「ごめん。俺、警察に関わり合いたくないから」

「分かった。じゃあ、ここに連絡して」

奈美子は男に名刺を渡した。男は奈美子の名刺をまじまじと見つめ、微かに笑った。

「変な女」

男は奈美子の名刺をジーパンの尻ポケットに突っ込むと、足早にその場を去っていった。変なのは私じゃなくてあなたよ、と奈美子は心の中で呟いた。

翌朝、奈美子は携帯電話のアラーム音で目を覚ました。眠い目をこすりながら時計を見ると、まだ朝の6時である。こんなことならマナーモードにしておけばよかったと後悔したが、ベッドから起き上がりカーテンを開けると気持ちの良い初夏の風が入ってきた。昨日のことは夢だったのではないか、と一瞬考えたが、瘡蓋になりかけている膝や腕の傷が現実であることを物語っている。

携帯電話のディスプレイを眺めたが、男からの連絡は来ていなかった。

もう一度会いたい、と奈美子は思った。石井に襲われたことはショックであったが、あの男との出会いは長年探し続けていたパズルのピースがカチッとはまった時のような感覚を奈美子に与えた。これは神の采配だ。あの男が自ら連絡してこないなら私が見つけ出してみせる。

奈美子は雲一つない空を見上げて心に誓った。


宮本瞬は歌舞伎町の雑居ビルの合間から覗く夜空を見上げ、大きく息を吐き出した。大勢の若者が行き交う汚いこの街は、近年数多くの外国人観光客も訪れており、自分のように身を隠したい者にとっては最適な場所だ。また至るところに美しい顔立ちをした客引きやホストなどが立っているため、自分が際立って目立つこともない。

夜だというのに、うだるような暑さが続いている。瞬は急に喉の渇きを覚え、酒が飲みたくなった。ふと辺りを見渡すと、大衆居酒屋の下にこじんまりとしたバーがオープンしている。最近飲酒量が増えていると自覚しているにもかかわらずなかなか酒を減らすことはできないのは、やはり精神的な問題に起因しているのだろうか。瞬は迷った挙句、地下へと続く狭い階段を下りていった。

重い扉を開けると店内は薄暗く、小さなバーカウンターの奥では白髪のマスターがシェーカーを振っている。瞬は一番奥の席へ腰かけ、マスターにゴッドファーザーを注文した後店内を見回した。カウンターに面した壁一面にはレコードが飾られており、店内にはチャーリー・パーカーの奏でるサックス音がリズミカルに流れている。

新宿のど真ん中にこんな洒落た店があるとは驚きだった。値段の張りそうな店だとは思ったが、ありがたいことに金には困っていない。

瞬は財布を開けると中に入っているブラックカードをぼんやり眺めた。限られた人間しか持つことのできない最高級のクレジットカードであり、自分にとっての命綱でもある。

瞬は財布の中にカードをしまうと、目の前に置かれたゴッドファーザーをちびちびと飲みながら明日の試合のことを考えた。地下ファイターとして活躍するようになって1年になるが、未だ負けなしであることから、瞬はその界隈で名の知れた存在となっている。最近では他の選手から敬遠されることも多くなり、試合が組まれることも少なくなったが、明日の対戦相手はどうしても瞬と試合がしたいと自ら名乗りを挙げてきたそうだ。誰も自分のスピードに追い付けないし、触れることすらできないと分かっていたが、明日の対戦相手には何か引っかかるものを感じていた。

やはり今日はもう帰ろうと、瞬は席を立ちかけたが、ふと尻の辺りに違和感を覚え、尻ポケットに手を当てた。ポケットからは〝週刊 news wide 編集部 佐伯奈美子〟と書かれた名刺が皺くちゃの状態で出てきた。そういえば男に襲われそうになっている女を助けたなぁと1週間前の記憶が蘇ってくる。

瞬はもう一度名刺をまじまじと見つめた。妙に肝の据わった変な女だったが、この広い東京でもう二度と会うこともないだろう。名刺を丸め、目の前の灰皿の中へと放り込んだ瞬間、隣で聞き覚えのある声がした。

「私の名刺、捨てないでくれない？」

驚いて隣に目を向けると、黄色い花柄のワンピースを着た奈美子がじっと瞬を見つめている。

「え？　なんでここにいるの？」

奈美子はマスターにマティーニを注文すると、にっこりと微笑んだ。笑った際にできるえくぼが妙に可愛らしく、ふてぶてしい態度さえ直せばモテる女なのだろうと他人事のように思う。

「宮本瞬かぁ……。有名な地下ファイターだったとはね」

面倒くさい女に引っかかってしまった、と瞬は顔を歪めた。

「調べたの？」

「得意分野なので」

奈美子の目の前にマティーニが置かれた。奈美子はクイッと目の前のマティーニを飲み干すと、カクテルピンに刺さったオリーブを美味しそうに口に含めた。

「あのさ、悪いけど俺行かないと」

瞬は立ち上がった。これ以上この女に関わってはいられない。

「明日試合があるから？」

「まぁね」

「じゃあ、私も見に行く」

瞬は思わず、勘弁してくれよ、と声に出していた。昔からストーカーまがいの女は数多くいたが、人相だけで名前まで調べ上げられたのは初めてだ。

「ねぇ、少しでいいから付き合ってよ」

奈美子は瞬の服の袖を掴んで、軽く引っ張った。その様子があまりに真剣で、瞬はふいに、奈美子に対して興味が湧いた。瞬はもう一度カウンターの椅子に腰かけ、意地悪く笑った。

「なんで俺と飲みたいの？」

「なんで……って」

頬をほんのりとピンク色に染め、恥ずかしそうに俯く奈美子の姿に、瞬の気持ちはさざ波のように引いていった。瞬にとって女という存在は性欲の捌け口でしかなく、愛だの恋だのといった感情を持たれること自体、迷惑この上ない。しかも女という生き物はSEXするとすぐに気持ちが入り、見境なしにその感情をぶつけてくる。瞬はそういう女には懲り懲りだった。

瞬は奈美子の赤く染まった頬に気づかない振りをしようと決めた。

「てゆかさ、どうやって俺のこと調べたの？」

奈美子は鞄の中から大きめのノートを取り出し、それを広げた。ノートには瞬の似顔絵が鉛筆で丁寧に描かれており、一目見ただけでも素人のレベルを超えている。あまりの完成度の高さに瞬は小さくため息を漏らした。

「……すごいじゃん」

「私、実は美大出身なの」

「なのに、週刊誌の記者？」

「本当はイラストレーターになりたかったけど、なかなか難しくて」

瞬はスケッチブックを手に取り、パラパラと他のページをめくった。そこには、細部まできちんと特徴が描かれた人物画が並んでいる。

「人を描くのが好きなの？」

「記者をやっていると色々な人に会って話を聞くでしょ？　だから特徴をとらえてお

くためにもね。この才能、意外と仕事でも使えるのよ」

確かにこれほどまでに特徴をとらえた絵が描ければ、人探しも苦ではないのかもしれない。瞬は感心した様子でパラパラとページをめくっていたが、ある1枚のページでふと手を止めた。

スケッチブックの上では、ウェーブがかった髪型の男が真っすぐ自分を見ている。歳は自分と同じくらいだろうか。小動物のようにつぶらで大きな瞳の奥からは、深い憂いと悲しみが伝わってくる。いったいこの男は何者なのだろうか。どこかで見たことがあるような気がするが、どうも思い出すことができない。

「その人のこと、気になるの？」

奈美子が横からひょいと顔を出した。その瞳には好奇心の色がありありと浮かんでいる。瞬は不本意ながら渋々頷いた。

「こいつは誰なんだ？」

「明日のあなたの対戦相手よ。クラブのオーナーに聞き込みしたりして、ちょっと調べてみたの。普段は保険の外交員をしているみたいだけど、私生活に関しては誰も知らないみたい」

「名前は……？」

「高誠《ガオチェン》。中国人ね。地下ファイト経験は0。戦績もなし。全くの素人ファイターよ」

高誠……。中国人……。スケッチブックを持つ手が自然と小刻みに震えた。スケッチブックの中から瞬を見つめる人懐っこい大きい瞳は、しきりに瞬に〝思い出せ〟と訴えかけている。瞬はこめかみをぎゅっと手の平で押さえると、大きく息を吐き出した。


強烈な喉の渇きで目が覚めると、そこは自宅のベッドの上だった。暗がりの中時計を見ると、時刻は19時を指している。昨日、バーで奈美子と飲んだところまでは覚えているが、その後の記憶が曖昧だ。

思えばいつから自分の記憶はすっぽりと抜け落ちてしまったのだろうか。新宿の路上をふらふらと徘徊していた自分に地下ファイトの誘いがなかったら、あり余る感情を他人に向けて吐き出していたかもしれない。身分を証明するようなものは何も持っていなかったが、ズボンのポケットに入っていた〝ミヤモトシュン〟と書かれたクレジットカードを見て、瞬は自分の名を知った。金に困った際、試しにそのクレジットカードを使ってみたところ、自分に請求が来ることもなくスムーズに利用することができたため、特段衣食住に困ることはなかったのだ。

急いで身支度を済ませると、マンションを出た。汗で滲んだ顔を上に向けると、空からは大きな満月がこちらを覗いている。月を忘れることはなかったが、自分のことに関しては短期的な記憶を含めて分からないことが多すぎる。その中でも一つだけ確かなことは、自分が〝闘い方を知っている〟ということだった。相手からの攻撃をどう避け、どう殴れば致命傷を与えることができるか自然と身体に沁みついている。それは運動神経が良いというレベルを遥かに凌駕しており、特殊な才能であると言っていいだろう。

瞬は右手の中指と人差し指を合わせて手印のような型を作った後、風のような速さで空に向けて拳を放った。自分でも認識できないほどのスピードであったが、動きがいつもより鈍っているような気がするのは、昨日の酒がまだ残っているからに違いない。

ふいに猛烈な喉の渇きを覚え、瞬は自動販売機の前で立ち止まった。ぼんやりと消え入りそうな自動販売機の明かりに、蝉が群がって鳴いている。押し寄せてくる不快感を露に手で蝉を追い払うと、瞬は栄養ドリンクの購入ボタンを押した。こんなものは気休めにしかならないが、一刻も早くこの喉の渇きを潤さなければならない。

急き立てられるように無我夢中で栄養ドリンクを喉に流し込むと、瞬は足早にその場を後にした。

深夜1時過ぎに試合会場である〝CLUB GOLD〟の前に到着すると、すでにエントランス前には長い行列ができており、築年数の古い3階建てのビルは若者たちの熱気で包まれている。六本木の中心部に位置するこの店は海外のガイドブックにも掲載されるほどの人気店であることから、外国人観光客の姿も多く、店の前では様々な言語が飛び交うほどだった。

辺りを見渡すと、並んでいる客の中には女性の姿もチラホラ見られる。最近では格闘技ブームの影響もあり瞬にも数多くの女性ファンがついていたが、だからと言って他の選手のように浮つく気持ちも起こらず、瞬は冷めた気持ちで客たちの間を通り過ぎると、エントランス前に立っているマネージャーの木原《きはら》の元へと足を運んだ。

木原は瞬に気づくと、待ちかねていたように顔を綻ばせた。

「やっぱ瞬が出るとなると、集客数も全然違ってくるな」

本当にどこもクラブのマネージャーは守銭奴ばかりで嫌になる。瞬は木原のお世辞に適当な相槌を打ちながら、今日の対戦相手のことを尋ねた。

「今日の相手ってどんな奴ですか？」

「そうだなぁ……。何て言えばいいのかなぁ……」

「経験のない素人って聞きましたけど？」

「うーん……。そうだな。素人だな」

「しっかりしてくださいよ。試合をブッキングしたの、木原さんでしょ？　なんで俺と素人の試合を組んだんですか？」

「それがまぁ……。色々あって」

木原は気まずそうな顔で、頭を掻いている。

「色々って何ですか？」

歯切れの悪い木原の言葉が、妙に癪に障る。イラついてはいけないと思いつつ、瞬は冷静さを保つように自分に言い聞かせた。

「ま、今日も瞬が勝つよ」

木原は瞬の肩をポンと軽く叩くと、バックヤードへと入っていった。木原ののんびりとした口調とは裏腹に、押し寄せてくる不吉な予感を拭い去ることは難しそうだ。

今から拳を交わすことになる相手は、自分の中に眠る記憶の箱を開けることになるのではないか……。そうならないことを祈りつつも、誰かにその箱を開けてほしくてたまらないことも自分は知っている。瞬はその箱がパンドラの箱でないことを切に願った。

瞬が思いつめた様子で立ちすくんでいると、ふいに鋭い刃物のような視線が背後から襲いかかってきた。振り向くと、ファッションモデルのようにすらりと伸びた長い手足が印象的なブロンドヘアーの白人女性が、瞬の元へ一直線に近づいてくる。ノースリーブの黒いレースシャツにはＶＩＰのシールが貼られており、周囲の女と比べて群を抜いて美しい。六本木のネオンで照らされた女の瞳は妖しいほどの輝きを放っており、瞬は心の中をすべて見透かされているような錯覚に陥った。

「宮本……瞬？」

女は流暢な日本語で瞬に話しかけた。

「そうだけど」

「記憶はどう？　もう戻ったかしら？」

女は瞬の耳元に顔を近づけ、小声で囁いた。瞬の身体が反射的に一歩下がった。こいつは俺の過去を知っているのか。唖然とした表情の瞬を前に、女は楽しそうに笑っている。

「お前……誰だ？」

「私の名前はエマ。あなたとは同類よ。仲良くしてね」

口元の赤い口紅がやけに印象的であり、女王然としたエマの態度は異常とも言えるほどのエネルギーに満ちた美に包まれている。

「もうすぐ試合の時間じゃないの？　私も観客として拝見させていただくわ」

エマはそう告げると、瞬の横をサッと通り過ぎ、ＶＩＰ専用の入口へと消えていった。瞬がエマを追いかけようとした時、背後から声がした。

「ナンパ？」

後ろを振り返ると、ショートパンツにキャミソール姿の奈美子が、眉間に皺を寄せて立っている。面倒くさい女が次から次へと現れる……。今日は厄日なのか。

瞬はため息をつくと、疲れきった顔を奈美子の方へ向けた。

「やっぱり来たのか……」

「すごく綺麗な人ね。白人女性がタイプなの？」

奈美子はエマの消えた先を見ながら、そわそわと落ち着かない表情を浮かべている。

「俺、女には興味ないから」

「嘘つき。そうやって面倒くさい私から逃げようとして。昨日も具合が悪くなった振りしていきなり帰ってさ……」

「あー、はいはい」

適当に相槌を打ちながら、瞬は奈美子から逃げるように建物の中へと入った。建物内は音楽のジャンルごとに1階ずつの3フロアに分かれており、DJブースの前には大勢の人だかりができている。狂ったように叫び声を上げる若者たちは、今この瞬間何を考えているのだろうか。瞬の目に映る彼らは、甘い蜜に群がる蟻の大群のように無知で刹那的な生き物であり、その瞬間のみを謳歌しているという点においてはうらやましく思えてならなかった。

若者たちの熱気で包まれたフロアを通り抜け、出演者控室とは名ばかりの汚い部屋へ通され、瞬はようやく一息ついた。ふと足元に目を向けると、瞬の靴の横に1匹のネズミが座っている。

「そのネズミ、あと10秒後に死ぬよ」

声のした方を振り向くと、ウェーブがかった黒髪にサングラス姿の男がこちらを見ながら笑っていた。どこか人を試すようなあっけらかんとした態度にもかかわらず、いつ牙を向けてくるか分からない恐ろしさも漂っている。やはり俺はかつてこの男に会ったことがある。胸の奥底から湧き上がってくる強烈な既視感を抑えることができず、瞬は男の元へと小走りで近づいた。

「なぁ、昔会ったことがないか？」

男は瞬の言葉を無視し、唐突に数を数え始めた。

「5——、4——、3——、2——……あ！　ほら死んだ」

その男が指さす方向を見ると、ひきつけを起こしたかのように小刻みに震えたネズミが仰向けに倒れている。男は満足そうに立ち上がると、瞬の傍へと近づいてきた。

170cmほどの小柄で細身の体形にもかかわらず、男は奇妙なまでの威圧感を周囲に放っている。

瞬はふと黒いTシャツから覗く男の腕に視線を向けた。腕には無数の切り傷やかすり傷の痕が見てとれる。その生々しい傷跡は男が数々の修羅場を潜り抜けてきたことを暗に意味していた。

この男の戦闘能力は高いに違いない。瞬はごくりと唾を飲み込んだ。

「ねぇ、まだ思い出さない？」

男はサングラスを外すと、瞬に顔を近づけた。美しい黒曜石のような瞳がじっと瞬を見据えている。

「ごめん。昔の記憶がないんだ」

瞬は男から顔を背けると、小声で呟いた。

「早く思い出してもらわないと困るなぁ」

次の瞬間、男の瞳が透き通ったグレーから黒曜石のように黒光りしたブラックへと変化したのを瞬は見逃さなかった。

「瞳の色が変わった……」

確かに今、瞬の目の前で男は瞳の色を変化させたのだ。瞬は驚きのあまり呆然とした表情でその男を見た。

「あはは！　驚いた？　能力を使う時はグレーになるんだよ。普段の瞳の色は、瞬君と同じブラックだよ」

「ちょっと待て。能力って何の話だ？」

瞬は必死に過去の記憶を手繰り寄せようとしたが、記憶の糸はプツリと途中で切れてしまっている。あと少しで何かを思い出せそうな気がしたが、思い出そうとすればするほど、瞬の全身からは冷や汗が滴り落ちてきた。

「ふーん。本当にまだ思い出してないのか。ま、いいや。先に行っているよ」

そう言い残して、男は瞬より一足先に控室を出ていった。

試合会場となる2階のメインフロアの真ん中にはリングが設置されており、その周りを取り囲むようにパイプ椅子が並べられている。パイプ椅子にはＶＩＰと書かれた紙が貼られており、そこにはエマの姿もあった。ちょうど前座の試合が終わった頃であったためか観客たちのボルテージは最高潮に達しようとしており、立ち見客で溢れた中2階からは聞くに堪えぬような罵声が飛び交っている。

地下格闘技は基本的にルールが存在しない喧嘩式のファイトスタイルであることから、リングに上がるのは、血の気の多いアウトローや喧嘩屋などの柄の悪い連中が大半であり、時には死者が出ることもあると言われている。当初は観客も血しぶきの飛び散るような殴り合いの喧嘩を望んでいたが、瞬の美しいファイトスタイルが話題になると、観客はこぞって瞬の闘い方を称賛するようになっていった。

リング上に立つ司会者がマイク越しに瞬を紹介すると、「待っていたぞー！」という声があちらこちらから聞こえてくる。

瞬はリング上に立ち、男が出てくるのを待った。相手の素性は知らないが、向こうは俺の過去を知っているようだ。男が控室で言った〝能力〟という言葉が、瞬の脳裏に浮かんだ。

反対側のリングから男が姿を現すと、観客たちからは大きなブーイングが巻き起こった。男はそのブーイングに、嬉しそうに耳を澄ましている。そのおどけた様子は道化を演じているかのようであり、見る者に冷笑と感嘆を与えるのに十分であった。

すると次の瞬間、酔っぱらった観客の女が持っていた酒瓶をリング上にいる男に向けて投げつけた。女は何か呪詛のような言葉を口にしていたが、その言葉は意味をなさないまま空中に吸い込まれていく。女の手から離れた酒瓶は、放物線を描きながら瞬の頭上をシュッという音と共に横切った。

一瞬の出来事だったのか、かなり長い時間が経過していたのかは定かではないが、誰かが〝危ない！〟と叫んだ時にはすでに男は酒瓶をキャッチしていた。

「こんな危険なもの投げないでよぉ」

会場内に男のおどけた声が響き渡り、辺りは一瞬シーンと静まり返った。観客の女は何が起こったか分からず、驚いた様子でリング上を見つめている。

男は瞬の方へ向き直ると、酒瓶をリングの外へと放り投げた。

「瞬くんが思い出せないのなら、身体で思い出させてあげるよ」

男は瞬の方へと向かっていくと、片腕を大きく振り上げ、その拳で瞬の顔面を思い切り殴った。

第二章

脳内に切り裂くような痛みを感じ、瞬は目を開けた。自分は確か下校の途中のはずであったが、いったいここはどこなのだろうか。見慣れないコンクリートの天井を見上げながら、瞬は記憶を懸命に辿ろうとした。

そうだ、自分は確か知らない男に声をかけられたのだ。ということは、自分は誘拐されたのだろうか。必死に状況を整理しようと試みるも、非現実的な状況を前に頭がうまく働かない。さらに身体は固い留め具のようなもので固定されているらしく、ビクとも動かすことができない。

「くそっ……。何なんだよ」

思わず悪態をついてみたものの、この絶望的な状況が変わることがないのは明白である。最悪の状況を前に、瞬は深いため息を漏らした。

すると、ふいにすぐ傍で低い男の声が聞こえた。

「目が覚めたか？」

声のする方へ反射的に顔を向けると、２m近い体躯の大男が興味深そうに瞬を見つめている。男は、世界史の図説に載っていたポセイドンにそっくりであり、頭と顔は水で濡れたかのような漆黒の縮れ毛で覆われていた。色素の薄い切れ長の目は異様な輝きを放っている。瞬は驚いて悲鳴を上げそうになったが、何とか言葉を飲み込んだ。

「俺の名は武蔵《むさし》だ」

瞬は武蔵と名乗る男の全身を眺めた。武蔵は彫りの深い顔立ちにもかかわらず、忍者のような黒い忍び装束を身に纏っている。目の前の男はいったい誰なのだろうか。懸命に記憶の糸を手繰ってみたところで、この男の顔に見覚えはなさそうだ。

「名前なんてどうでもいい、お前何者だよ……！」

瞬は手足の拘束を解こうと、必死になって身を捩らせた。

「説明してやるから少し落ち着け」

武蔵は瞬の手足の拘束を解くと、瞬の上体をゆっくりと起き上がらせた。行き場を失っていた血液が全身を駆け巡るのを感じる。ドクドクと大きく波打つ心臓の音に安堵し、瞬は大きく深呼吸した。

ようやく落ち着きを取り戻したところで、瞬は部屋を見回した。部屋は6畳ほどの広さであり、打放しのホワイトコンクリートで壁を固められている。無機質な造りの部屋には、ベッドと椅子以外のものは何も置かれていない。

混乱している瞬を後目に、武蔵は部屋の壁に備え付けられていたスイッチを押した。ガガガという音と共に、天井から巨大なプロジェクターが下りてくる。瞬が驚いた様子でプロジェクターを見つめていると、急に画面が切り替わり、武蔵と同じく黒い忍び服姿の男性が画面に姿を現した。男は目尻を下げながら瞬に向かって微笑んでいるものの、一重瞼の三白眼の奥からは冷淡で残酷な光が漏れている。さらに右目の下には盛り上がった赤い痣が見え隠れしており、男の見た目をより不気味なものにしていた。この痣は生まれついてのものなのだろうか、それとも火傷の一種なのだろうか。

瞬が訝しげに見つめていると、画面の男は絡みつくような視線を瞬に向けてきた。

「宮本瞬くん。会えて光栄です。私はこの組織を統括している〝戸隠《とがくれ》〟と申します。色々と混乱しているかと思いますが、すぐに運命を受け入れ、私たちの仲間に選ばれたことを神に感謝するようになりますからご安心ください」

抑えきれない嫌悪感と共に、背中からは大量の汗が噴き出してくる。こいつの話を聞いてはいけないと思えば思うほど、視線を逸らすことができない。

「ここはいったいどこだ！　説明しろ！」

「ここSNP研究所では主に細胞研究をしております」

「細胞研究？　人体実験でもするつもりかよ」

「そうですね。当たらずとも遠からず……といったところでしょうか」

戸隠がニヤリと笑ったのを見て、瞬の背中に悪寒が走った。〝人体実験〟という単語が脳内を駆け巡ってゆく。普通に田舎で生活をしているだけの、何の取柄もない自分の人生にまさかこのようなことが起こるとは。もしや俺はモルモットにでもされるのだろうか？

現実離れしたこの状況に、瞬の呼吸は無意識に速くなっていった。

「そんなに怯えないでください。私たちは超自然エネルギー……つまり超能力を開発する科学チームです。あなたを殺したいわけではありません」

「なぁ……。お願いだから冗談はやめてくれよ」

思わず泣き声のような上擦った声が喉元から込み上げてくる。超能力などというものは映画や小説の中だけの話だと思っていたが、どうやら自分が置かれている現状からすると現実の話なのだろう。

「冗談ではありませんよ。あなたが眠っている間、〝アカルデミノ〟と呼ばれる細胞を腕から注入させていただきました」

「はっ？」

瞬は思わず素っ頓狂な声を出した。慌てて自分の腕に視線を向けると、確かに注射針で刺されたような痕が残っている。戸隠はそんな瞬の様子を見て満足そうに頷くと、言葉を続けた。

「〝アカルデミノ〟は元々あなたのご両親が生み出したものなのですから、そこまで怯える必要はございませんよ」

「どういうことだ？」

「その言葉通りですよ。あなたのお母さまが体内で〝アカルデミノ〟を生成し、さらにお父様が人工培養を成功させたのです」

「嘘をつくな……」

「嘘だと思いたいならご自由に。ただ、あなたのご両親が偉大な業績を残されたことは間違いありません。〝アカルデミノ〟は人間の神経細胞に多大な影響を及ぼし、遺伝子を組み換える働きを持ちます。その効果のすべてが解明されているわけではありませんが、能力の一部を飛躍的に高めることができるのです」

戸隠は武蔵に視線を移すと、目配せをした。

「武蔵、瞬くんに能力を見せてあげてください」

瞬は恐怖と好奇心の入り混じった視線を武蔵に向けた。いったい今から何が始まるというのだろうか。あまりの唐突な話に思考がついていかず、瞬は軽い眩暈を覚えた。

武蔵はおもむろに身体を壁に向けると、軽やかに地面を蹴った。武蔵の巨体は羽のようにふわっと宙に浮き、瞬の視界から忽然と姿を消した。部屋を見回してみるものの、その姿はおろか気配さえも感じることができない。

「どこを見ている。俺はここだ」

その低く野太い声は間違いなく瞬の頭上から聞こえてくる。そんなバカな……。瞬が顔を上に向けると、氷のように冷たい視線と目が合った。妖しく光る２つの瞳は左右に小さく揺れている。瞬は試しに自分の太腿をつねってみたが、じんじんと鈍い痛みはこの世界が現実であることを意味していた。

「どうしてそんなところに……！」

武蔵は天井の電球に両足をかけた状態で吊り下がっていたが、そのまま空中で一回転すると音もなく地面に着地した。重力を一切感じさせない異様な光景を前に、開いた口が塞がらない。後ろのスクリーンでは戸隠が得意気な顔を向けていた。

「どうです？　驚きましたか？　あなたは元から素質がありますので、能力を開化させるまでそう時間はかかりませんよ」

瞬は怒りに震えながら、身を乗り出した。

「よくもそんな勝手なことを！」

戸隠は興味深そうに瞬を見つめている。その瞳からは、この子はなぜこんなバカな質問をするのだろうか、といった呆れた眼差しが向けられていた。

「嬉しくないのですか？」

「は……？」

嬉しい？　いきなり誘拐された挙句、〝アカルデミノ〟と呼ばれる細胞を注入されて喜ぶ人間がいるとでも思っているのだろうか。瞬は怪訝な顔つきで戸隠をまじまじと見つめたが、その表情からは悪意と呼べるものは一切感じられず、その事実こそ瞬を震え上がらせるのに十分なものだった。

「〝アカルデミノ〟によってあなたは素晴らしい能力を手に入れ、新人類になることができるのです！　それがどんなに素晴らしいことか……！」

自分の言葉に酔いしれた様子で、戸隠は立ち上がっていた。

「あなたには今日からここで訓練を受けていただきます」

「訓練？」

「ええ。進化のために必要な訓練です。能力を開化させたとしても、それを使いこなせなくては何の意味もありませんからね」

「嫌だ……。って言ったらどうするんだ？」

「残念ながら死んでいただくしかありません。あまり私を失望させないでください」

戸隠が椅子から立ち上がったと同時に映像は暗転し、スクリーンには再び砂嵐が映し出された。瞬は戸隠の言葉を必死に胸の中で反芻してみたが、自分の置かれている状況を冷静に判断することさえ難しい。これは本当に現実なのだろうか……。

瞬がやつれた顔を上げた瞬間、今度は隣の部屋から耳をつんざくような悲鳴が聞こえてきた。その場にいなくても声の主がよほど悲惨な状態であることが如実に伝わってくる。瞬は武蔵の元へ駆け寄ると、服の袖を思い切り引っ張った。

「なぁ、叫び声が聞こえるぞ？　助けなくていいのか？」

「あれは訓練の一種だ。お前が心配する必要はない」

夢なら早く覚めてほしい。瞬は咄嗟に目を瞑り、両手で耳を塞いだ。この先、自分にどのような運命が待ち受けているのか考えたくもない。母さん……。気づけば瞬は無意識のうちに母の名前を呼んでいた。

「今日はゆっくり休め。明日から訓練を開始する」

武蔵はそう言ってドアノブに手をかけると、頑丈そうな扉を身体で押し開けた。

武蔵が部屋の外へ出ると同時に、扉はゆっくりと音を立てて閉まってゆく。瞬は武蔵の一連の動作をじっと目で追っていたが、ふいに今、武蔵の後を追えばあのドアから外に出られるのではないか、と思った。何の根拠もなかったが、気づけば瞬は、無意識に身体を動かしていた。電流が駆け抜けるようなビリリとした刺激が身体中に走る。

次の瞬間、瞬は誰もいない廊下に立っていた。驚いて後ろを振り返ると、重く厚みのあるドアはがっちりと閉まっている。ドアノブに手をかけても、それはピクリとも動かない。

自分はいつの間にドアの外に出たのだろうか。瞬は首を傾げながらも、廊下に視線を向けた。低い天井に取り付けられた裸の豆電球が、ぼうっと不気味な光を放っている。研究施設というよりは監獄といった方が近いだろう。耳を澄ませども、聞こえてくるのは裸電球に群がるコバエの羽音だけだ。

ここには俺以外誰もいないのではないか……。そう思った矢先、廊下の奥から呻き声が聞こえてきた。一瞬ためらったものの、瞬は声のする方へと駆け足で向かった。

そこで瞬の目に飛び込んできたのは、うつ伏せに倒れている少年の姿だった。少年は熊のような体つきの男から、殴る蹴るの暴行を加えられている。驚いた瞬が咄嗟に後ろへ一歩下がった瞬間、少年が顔を上げた。腫れた顔には痛々しい青痣が広がっており、血まみれの口元からは荒々しい息遣いが聞こえてくる。

「助けて……」

少年は小さな声で呟いた。その顔に見覚えがある気がして、瞬は自然と少年の元へと駆け寄っていた。

「誰だ、お前？　高誠の知り合いか？」

男が瞬に気づき、声を上げた。

瞬は高誠と呼ばれる少年をじっと見つめた。こいつは日本人じゃないのか？

「いや、違う」

「じゃあ引っ込んでろよ」

男が瞬の腕に手をかけようとした次の瞬間、瞬は目に見えぬほどのスピードで男の手を取り、無意識のうちにその身体を前方へ投げ飛ばしていた。投げ飛ばされた男は、口の端から小さな泡を吹き仰向けのまま気絶している。

瞬は小刻みに震えている自分の右腕に、左腕を添えた。自分の身体が自分の意志とは裏腹に暴走しようとしている。まさかこれが、戸隠の言っていた〝特殊能力〟なのだろうか。今まで一度も喧嘩をしたことがなかった自分が、大男を倒せるなんて信じられない。瞬は高の方へ視線を向けると、小さな声で尋ねた。

「これ、俺がやったのか……？」

「そうだよ。君も能力者なんだね」

「ってことはお前もか？」

瞬は高の手を取り上体を起こさせると、その手を思い切り引っ張った。

「ちょっと痛いよ」

「早くここから逃げるぞ！　お前も変な薬打たれたんだろ？」

「そんなの不可能だよ。それに僕は、戸隠に仕えるためにここにいるんだから」

高の言葉に、瞬は一瞬耳を疑った。

「お前も組織の人間なのか？」

高は顔を歪めて笑った。

「最初は無理矢理連れて来られたけど、今は感謝しているよ。僕は戸隠と一緒に素晴らしい世界を創る」

高は虚ろな瞳を空に向けている。その口ぶりは明らかに正常とは言いがたく、〝洗脳〟という言葉が瞬の脳裏をかすめた。

「どんな世界だよ、素晴らしい世界って」

「この世界は争いが多すぎる。小さなことから大きなことまで……。なぜか分かる？」

暗く冷たい瞳が、真っすぐ自分を見つめている。瞬は首を横に振った。

「それは人間たちの持つ能力が等しく均等だからだよ。僕たちは能力を使い、圧倒的なリーダーシップによって真の平和を実現するんだ」

「そんなことが許されると思っているのか？」

「許すなんて誰が決めるの？」

瞬は言葉に詰まった。確かにこの世の善悪を決めるのはいったい誰なのだろうか。

「それは……」

「ほら、答えられないでしょ。だから僕たちが神となって道を創ってあげるんだよ」

瞬は俯いた。果たしてそうだろうか。特殊能力という暴力でこの世界を支配することが真の平和へつながるのだろうか。分からない……。と瞬は小声で呟いた。

「大丈夫。君もすぐに僕たちと同じ理想を追い求めることになるよ」

そう言うと、高は瞬に背を向け、廊下の奥へと走り去っていった。逃げようという感情はいつの間にか消え去り、一人取り残された瞬は歪んだ地面の一点をただただ見つめていた。


今日も朝が来た。瞬は慣れた手つきで身支度を済ませると、周囲を見渡した。相変わらずコンクリートの無機質な部屋であったが、3年の歳月は瞬の感覚を麻痺させ、その空間を日常へと変えていた。

部屋の外からは小鳥のさえずりや川のせせらぎのような音が微かに聞こえてくる。今いる場所がどこかは知らないが、恐らく人里離れた山奥だろう。

誘拐されてから今日で3年。戸隠と武蔵の指導により、瞬は精神的にも肉体的にもその力を各段に飛躍させていた。少年から青年へと変化した肉体には瑞々しさと猛々しさが漲っており、その上には固く締まった筋肉が隆起している。

瞬は握りしめた拳で、真横を飛んでいた蠅を叩きつぶした。シュッと空を切る音以外、動作は何一つとして見えない。〝速い〟という概念すら通用しないスピードに、瞬は満足気な笑みを浮かべた。当初戸隠に捕らえられた時は自分の運命を呪ったが、今では組織のために命を捧げようと思うまでに瞬の心は変化していた。自分は確実に進化している。それもすべて戸隠と武蔵のおかげなのだ。

瞬が訓練のために部屋を出ようとした矢先、高誠が部屋へと入ってきた。体型は細身であるものの、獣のようにしなやかな肉体からは目に見えない強さが漂っている。3年前に高を助けて以来、2人の間には目に見えない固い絆が生まれていた。

瞬は顔を上げると、高に視線を向けた。

「部屋に来るなんて珍しいな。何か用か？」

「ちょっと瞬くんと話がしたくて。時間いい？」

「ああ……。いいけど」

瞬はそう言うと、高にベッドに座るように勧めた。高はベッドの上に腰かけるとビー玉のように丸っこい瞳で部屋をきょろきょろと見回し、ふっと笑みを浮かべた。

「もうここに来て3年か。あっという間だね」

「そうだな……。早いよな。それがどうした？」

高が何を言おうとしているのか分からず、瞬は戸惑った。

「瞬くん、今日の施術受けるか決めた？」

高の言葉に、瞬は押し黙った。今日は訓練の総仕上げとも呼べる、特別な施術と聞いている。施術を受けるか受けないかは任意であり、個人の判断に任されていた。

「受けるつもりだよ。高は受けないのか？」

「……迷ってる」

高は小さな声で呟いた。

「どうして迷う必要がある？　この施術を受ければ、さらに能力を飛躍させることができるんだぞ」

「副作用が脳に及ぼす影響は67％って聞いてるけど……」

高の言葉に瞬は押し黙った。今回の施術は成功すればさらなる進化を遂げることができるが、その分副作用も大きいと聞いている。身体の奥底から小さな悲鳴が聞こえたように感じたが、瞬はそれに気づかぬようそっと蓋をした。

「もちろんそれは覚悟の上だ」

瞬は自分を奮い立たせるかのように、きっぱりとした口調で言った。リスクを恐れていては偉業を成し遂げることはできない。それは師である武蔵から散々聞かされてきた言葉だった。今さら逃げるわけにはいかない。

腕時計に視線を向けると時計の針は8時30分を指している。施術は9時から開始されることになっていた。

「俺は先に行っている」

瞬はそう言うと、高を残して一人部屋を出た。心の奥底から〝思い出せ〟という声が聞こえてくる。少し前から徐々に大きくなってきているその声は、瞬の心に暗い影を落としていた。自分はとても大切なことを忘れているのではないか……。そう思えば思うほど、それが何であるのか思い出せそうにない。

瞬はエレベーターのボタンを押すと、大きく息を吐いた。3年間SNP研究所にいて分かったことは2つ。1つ目はこの施設は4階建ての造りになっており、自分が今いるのは2階にあたるということだ。2階は瞬たちのような訓練生の居住スペースに割り当てられており、至るところに監視カメラが備え付けられている。外に出ることは禁じられていたが、1階のサンルームで人工の太陽光を24時間浴びることができるため、とりたてて不満を感じることもない。サンルームの横には広大なアリーナが併設されており、瞬たちはそこで体力の強化を目的とした基礎訓練や個人の能力に特化した特殊訓練を日々受けていた。瞬や高は特待生枠であったこともあり、戸隠や武蔵から直々に訓練を受けることも多く、特に身の回りの世話役も兼任していた武蔵は、瞬にとって兄のような存在でもあり、最も信頼できる人間へと変わっていた。

2つ目はこの施設には100名近くの少年少女が捕らえられており、自分と同じように厳しい訓練を課されているということだ。国籍も異なる彼らがどのような理由で施設にいるのかは知る由もなかったが、日々顔を合わせる中で、瞬は年の近い彼らに対して親近感を抱くようになっていった。

エレベーターが到着すると、瞬は3階のボタンを押した。今回の施術が行われるのは3階にある六角形の面で構成された特殊な部屋だ。この部屋に入ったことはなかったが、部屋全体に特殊な電流が放たれていると聞いたことがある。今回行われる施術が自分の運命を左右するのだと思うと、瞬の身体からはじんわりと汗が滲み出してきた。

エレベーターが3階へ到着すると、瞬は慣れた足取りで廊下を進み、目的の部屋の前へと到着した。すでに何人か先客がいるのだろうか。緊張した面持ちでドアノブをゆっくり回しながら部屋へと入ると、薄暗い部屋の中央には7脚の椅子が置かれており、すでに5人が席についている。部屋の中は異常なまでの緊張感に包まれており、話しかけることなど到底できそうにない。瞬は空いている席に腰かけると、5人の顔をさっと見渡した。集団訓練の時に見かけたような気もするが、名前や国籍までは思い出せそうにない。ただ、この部屋にいるということは、訓練生の中でも高い能力を持っていることは間違いないだろう。

部屋のドアが開き、異様なまでの威圧感を携えながら武蔵が部屋へ入ってきた。武蔵は瞬たちを一瞥すると、空いた一席に視線を止めた。

高はいったい何をしているのだろうか。瞬がそわそわとドアの方へ視線を向けていると、大きな音を立ててドアが開き、慌てた様子の高が部屋へと入ってきた。

武蔵は満足そうに頷くと、ゆっくりと部屋を見渡した。

「よし、全員揃ったみたいだな。今からお前たちには心的外傷除去施術を受けてもらう」

武蔵の思いがけない言葉に、瞬は怪訝な表情を浮かべた。

「……心的外傷？」

「トラウマのことだよ。椅子の下にある装置を使って、お前たちの中に眠る恐怖を取り除く」

「どういうことか説明してくれ」

瞬の言葉に頷くと、武蔵はゆっくりと口を開いた。

「かつてドイツにダイア・アルベルトという有名な生理学者がいた。お前たちは知らないだろうが、アルベルトはタンパク質中の電子と陽子の研究に長い年月を費やし、神経系や内分泌系以外にもエネルギーや情報を伝える特殊な仕組みが一部の人間の体内にあることを発見したんだ。その伝達スピードは測定不能。凄まじい速さで未知なる経路を辿ることから生理学者の間では〝God's way〟とも呼ばれている」

「神の道……？」

小さな声でその名を呟いた瞬間、瞬の脳裏に自分の体内を横断する光のトンネルのイメージが飛び込んできた。心臓は激しい音を立てて波打っている。自分はいったい何に怯えているのだろうか。筆舌に尽くしがたい恐怖が背後に迫りつつあるのを感じ、身体は自然と小刻みに震えた。

「この3年間、お前らに施した訓練は闘いの技術だけじゃない。〝アカルデミノ〟によって組み換えられた神経細胞を未知なるエネルギー伝達経路に流し込み、人知を超えたスピードで情報伝達を可能にする技術だ」

「そんな技術、教わってない」

浅黒い肌の少女が片言で掠れた声を上げた。部屋にいる誰もが少女の言葉に賛同するかのように、小さく頷いている。

「この技術は教わるものじゃない。ここにいるお前たちが他の訓練生よりも能力が高いのは、選ばれた人間だからだ」

「選ばれた人間？」

「そう。お前たちは生まれつき特殊な伝達経路を持っていたからこそ、〝アカルデミノ〟の力を他の訓練生たちよりも高めることができた。……だが、この伝達経路を持つ者には弱点もある。それは強烈なトラウマを所持しているという点だ」

部屋が静まり返り、一同が小さく息を飲んだのが分かった。

「因果関係はハッキリしないが、トラウマが伝達経路を阻害する要因となることは間違いない。逆にトラウマを取り除けば伝達経路を阻害するものはなくなり、流れる情報のスピードは各段に上がる。今以上の能力を手にすることができるだろう」

武蔵は椅子の横に備え付けられているヘルメットを指し、各々にそれを被るように指示した。ヘルメットはずっしりと重量があり、中には金属板のようなものがはめ込まれている。

「もちろんこの施術にはリスクもある。過去のトラウマを呼び起こすことで脳に大きなダメージを及ぼす可能性も高い。だが、俺はお前たちにこの施術を受けてほしい」

いつの間にか背中は汗でぐっしょりと濡れている。瞬は自分の身体が強張っていくのが分かった。

「なんで武蔵は俺たちにこの施術を受けてほしいんだ？」

「本当の自分を取り戻し、真実を受け入れてほしいからだ」

「本当の自分……？」

「ああ。そして手に入れた強さで未来を変えろ」

武蔵の話を必死に理解しようとしたが、考えれば考えるほど瞬は混乱した。自分は何か大切なことを忘れている気がするが、それはいったい何か。本当の自分とは何か。今の生活に満足している自分とは違うのか。未来を変えるとはどういうことなのか。瞬の頭の中には消えることのない疑問符が次々と浮かんでくる。

「怖いか？」

武蔵が優しい口調で瞬に問いかけた。

「……怖くない」

言葉とは裏腹に、言いようのない恐怖が全身を包み、身体中から冷や汗が滴り落ちてくる。確かに自分には短期記憶障害がある。10歳前後の記憶を思い出そうとする度、靄のようなものに包まれてどうにも思い出すことができないことはかねてから気になっていた。それがトラウマと何か関係があるのだろうか。

瞬は唇を噛みしめると、素早くヘルメットを被った。瞬以外の6名も同じように手際良くヘルメットを装着している。誰もが何かに取り憑かれたかのような表情で一点を見つめていた。

武蔵は全員の顔を一人一人注意深く見渡すと、部屋の壁に備え付けられたスイッチに手を触れた。

「準備は整ったみたいだな。始めるぞ」

武蔵がスイッチを押すやいなや、ジジジという不快音が大音量で部屋中に鳴り響き始めた。脳内をハンマーで砕かれたかのような耐えがたい痛みが瞬の頭部を直撃し、瞬はその場にのたうち回った。耐えられない……。そう思った直後、今度は不思議なほどの多幸感に包まれ、瞬の世界は真っ白になり、意識は遠のいていった。


チャイムの音と同時に瞬が目を開けると、そこには馴染みのある光景が広がっていた。瞬の通っていた世田谷小学校の教室前である。〝おはよう！　おはよう〟と声をかけ合いながら、子供たちが足早に教室内へと入ってゆく。俺も早く席につかなければ遅刻にされてしまう、慌てて教室へ入るとすでに自分が席に座っていた。瞬は足を止め、あんぐりと口を開けた。なぜ自分がもう一人いるのだ？　これは夢？　そういえば身体がやけに軽い……。

瞬はその時初めて、自分の身体が地上から30㎝ほど上空に浮かんでいることに気づいた。この世界は現実ではない。恐らく心的外傷除去施術の一環としてバーチャルリアリティーのような世界を体験させられているのだろう。

瞬はおそるおそる、席に座り本を読んでいる自分に近づいた。その表情は真剣そのものであり、自分自身だと分かっているものの声をかけることがためらわれるほどである。そういえば昔から、自分は本を読むのが好きだった。それにしても第三者視点で自分を見ると、あまりの真剣さに思わず笑みがこぼれてしまう。

年季が入った本の表紙には〝三国志〟と記されていた。俺は〝三国志〟を読んだことがあっただろうか、と考えていると、本を読んでいる自分の傍に、周囲の子よりも抜きん出て体格が良く、クラスの中でも中心的な存在の後藤雄大《ごとうゆうだい》が近づいてきた。

「何読んでるんだ？」

瞬はまじまじと雄大を見た。そうだ、俺はこいつに〝顔が女みたいだ〟という理由で言いがかりをつけられることが多かった。今会ったらぶん殴ってやるのに。瞬は心の中で毒づいたが、小学生の自分は気だるそうな表情で雄大を見上げている。

雄大は幼い自分の手から本を奪い取ると、大声で背表紙のタイトルを読み上げた。

「〝三国志〟だってよ。これ、面白いのか？」

「返せよ」

「面白いなら俺にも貸せよ」

「読んでも雄大には分かんないと思うよ」

幼い自分は雄大の手から本を奪い返すと、再びパラパラとページをめくり始めた。

雄大の顔は茹でだこのように真っ赤に染まり、全身が怒りに震えている。

「いいか、俺をバカにするなよ」

「バカになんてしてない。本当のことを言っただけ」

「……くそっ！」

雄大は大声で叫ぶと、大股で廊下へと出ていった。クラスの視線が一斉にこちらへと向けられていたが、自分は我関せずといった様子で〝三国志〟を読んでいる。

「〝三国志〟好きなの？」

突如後方から、小さく、呟くようなか細い声が聞こえてきた。声のする方へと視線を向けると、青白い顔をした松原隆《まつばらたかし》が立っている。

「うん、面白いよね」

幼い自分が素っ気なく答えると、隆はずいっと顔を寄せて嬉しそうに表情を綻ばせた。

「僕も好き」

その言葉を聞いた瞬間、一連の光景を見ていた瞬の脳内でパチンと何かが弾け、ダムが決壊するように大量の記憶が脳内へと流れ込んできた。頭の中に立ち込めていた靄が晴れてゆき、止まっていた時間が再び動き始める。隆との記憶が、瞬の脳内に鮮明に蘇ってきた。

その日は確か、至るところで蝉が鳴いている暑い夏の日のことだった。近所で古本市が開催されると聞きつけ、瞬は会場まで足を延ばした。会場は思った以上に賑わっており、大きめのビニールシートの上にはひしめき合うようにたくさんの本が陳列されている。今まで読んだことのないような名作を手に入れることができるかもしれないと思うと、瞬の胸は自然と高鳴った。

視線を落としながらゆっくり進んでいくと、漢字で書かれたタイトルの小説が目に飛び込んできた。自分にとって漢字は馴染み深いはずなのに、そのタイトルに書かれている漢字は秘密の暗号さながら理解することができそうにない。これは何語なのだろうか……。

瞬が小説を凝視していると、ふいに正面から視線を感じた。視線の先には松原隆が、好奇心に満ちた表情で瞬を見つめている。

「やっぱり中国文学に興味あるの?」

隆は声を弾ませ、瞬に話しかけてきた。見覚えのある顔に、瞬は首を傾げた。

「あれ？　どっかで会ったっけ？」

「ひどいよ。同じクラスだよ」

「ごめん……。俺、クラスメイトにあんま興味なくて」

「僕、松原隆。２週間前に転校してきた」

「へぇ、そっか。だからあんまり見慣れない顔なんだ。どこから転校してきたの？」

瞬の問いかけに、隆は一瞬気まずそうに押し黙った。

「その質問、答えなきゃダメ？」

「別にいいよ。あんま興味ないし」

瞬の答えに、隆はぷっと噴き出した。顔には安堵の表情が広がっている。

「僕、瞬くんがうらやましい」

「そう？」

「うん。堂々としてる」

「逆になんで隆はビクビクしてるの？　なんかやましいことでもあるわけ？」

「別にないけど……」

「じゃあ堂々としてればいいよ」

隆は何か考えるように地面を見つめた後、ゆっくりと顔を上げた。頭上の蝉は悲鳴のような鳴き声を発している。

「ねぇ……。瞬くん。お願いがあるんだけど」

「何？」

「僕と友達になってくれる？」

瞬と隆の間に、沈黙が流れた。隆は小刻みに身体を揺らしながら視線を左右に動かしている。どうしてそんな恥ずかしいセリフをさらりと放つことができるのか理解できなかったが、一方で隆が自分にはない素直さを持っていることに瞬は興味を覚えた。

「友達って言葉で確認してなるもんじゃないだろ」

瞬の鋭い口調に、隆は頭を垂れた。

「僕と友達になるの、嫌ってことだよね……」

「言葉で確認し合うのは本当の友達じゃない。でも、俺は隆に興味がある」

「興味？　僕も瞬くんに興味があるよ」

「そっか。じゃあお互い同じ気持ちってことだな」

瞬の言葉に隆はハッと顔を上げると、人懐っこい笑みを浮かべた。

それからというもの、瞬は隆と行動を共にすることが多くなった。

隆は瞬と同じく小説好きであり、中でも中国文学に長けていた。中国の歴史や文化に全くの無知であった瞬は、隆から借りた中国文学を夢中になって読み耽り、まだ見ぬ異国の地へと思いを馳せた。それに加え、常に自分に対して素直な気持ちを口にする隆に、瞬も心を開き始めていた。

ある日の下校途中、隆がいつもと違った神妙な面持ちで、瞬に話があると持ちかけてきた。

「どうした？」

「瞬くん、中国人ってどう思う？」

「中国人？」

「うん。好き？　嫌い？」

隆の顔を見つめると、いつになく真剣な表情を浮かべている。瞬は一瞬でこの質問が隆にとって重要なものであると感じ取った。

「好きだよ。雄大で広大な土地の中で生きる中国人の逞しさに俺は憧れる。いつかあの地に行ってみたい」

「本当に？」

「急に何なんだよ」

「ほら……。よく日本人は中国人をよく思わないって言うから……」

「そんなの一部のバカがネットで騒いでるだけだろ」

「本当にそう思う？」

「しつこいぞ」

「あのね、実は僕の本当の名前〝張道明《チャンドアウミン》〟っていうんだ」

その瞬間、瞬は今まで隆に対して感じていた違和感の正体にようやく気づいた。すべての点と点が線で繋がり、目の前の霧が晴れてゆく。

「なるほど。それでビクビクしてたってわけか」

「だってさ……」

「いいか。中国人っていったって同じ人間だ。日本人と何も変わらない。同じ血が流れてる」

「同じ血？」

「ああ。俺にも隆にも同じ血が流れてるんだよ」

瞬はそう言って隆の方に腕を差し出した。薄い皮膚の下には青く太い血管が盛り上がっている。隆はその血管にそっと手を触れた。

「瞬くん。ありがとう」

「これからも面白い本あったら貸してくれよな」

隆は瞬の言葉に頷くと弾けるような笑顔を浮かべた。そのあまりの嬉しそうな顔に、瞬も自然と笑みが浮かんでくる。自分自身こんな風に笑うのはいつぶりだろうか。隆に偉そうなことを言いながら、自分だって周囲との関わりを避けて殻に閉じこもっていた。これからはもう少し笑ってみようか……。

瞬の思いを感じ取ったかのように、隆が再び弾けるような笑い声を上げた。


パチンと何かが爆ぜる音と共に、脳内のイメージが突如切り替わると、瞬は校庭の屋上に立っていた。背中に照り付ける太陽がジリジリと体力を奪ってゆく。視線の先には、雄大たちの男子グループ4、5人が、自分と隆を取り囲んでいた。

いったいこれはどういう状況なのだろうか。先ほどまでの多幸感に満ちた記憶とは違い、今回の記憶は自分にとって良くないものらしい。細胞の一つ一つが危険信号を発しているのを感じ取り、瞬は思わず身構えた。

「俺はお前を見損なったよ」

思いがけない雄大の言葉に、瞬は眉根を寄せた。

「どーゆーことだ」

「裏切り者め」

「裏切り者？　俺が？」

「ああ、そうだ。お前たちはスパイだ」

「スパイ？」

雄大は隆を指さすとニヤリと笑った。その顔には残忍さが滲み出ている。

「こいつの話し方、ずっと怪しいと思ってた。お前、何人なんだよ」

雄大は意地の悪そうな笑みを浮かべながら隆の胸を思い切り衝いた。バランスを崩した隆は尻もちをつき、雄大を見上げている。その瞳からは絶望の色が濃く滲み出ていた。

「僕は……日本人だよ」

「いや、違う」

瞬はずいっと前へ出ると、雄大を睨んだ。

「雄大。ふざけるのもいい加減にしろよ」

「ふざけてない。お前たちはスパイかって聞いてるんだ」

「スパイのわけないだろ。頭大丈夫か？」

雄大の顔がみるみる青ざめた後、怒りに燃えてゆく。

「そうやって俺のことバカにしやがって……。お前のその目、昔から気に食わねぇんだよ」

「俺だってお前の目が気に食わない」

「この野郎！」

雄叫びのような叫び声を上げながら、雄大は瞬の元へ向かってきた。ドンという大きな衝撃が身体を走る。体格の大きい雄大の身体に体当たりされ、瞬は大きくバランスを崩した。その隙を見計らったかのように、ここぞとばかり瞬に向けて複数の拳が振りかぶってくる。瞬は必死で避けながら、屋上の端へと後退していった。背後には安全のために高さ１００㎝ほどの手すりが備え付けられているものの、簡単に乗り越えることができる高さだ。

「どうだ、スパイだって認めるか？」

「認めるわけないだろ、この単細胞が」

瞬の言葉にカッとなった雄大が、瞬の首に手を回した。瞬は雄大の手を振りほどこうともがいたが、雄大の手の力は徐々に強まってゆく。反撃しなければ自分の身が危ない……。

そう思った矢先、隆がこちらへ走ってくるのが分かった。その目には今までにないほどの強い意志が宿っている。

「瞬くんを離せ！」

隆の声にビクッとした雄大が手の力を緩めたと同時に、瞬の眼前に一匹の蝉が大きな羽音を立てながら飛び込んできた。突如、突き上げられるような恐怖に襲われ、瞬は反射的に蝉のいる方向に向けて大きく腕を振った。

だめだ……！　もう一人の自分が叫んだ瞬間、何かが腕に当たり、目の前から消えてゆくのが分かった。

「あ……！」

瞬が短い叫び声を上げたときには、すでに隆の身体は屋上の手すりを飛び越え、まるで羽の生えた人形のように宙を舞っていた。雄大も稲妻に打たれたかのような表情で全身を強張らせている。

「こいつ、突き落としやがった……」

雄大が叫んだと同時に、屋上にいた少年たちは蜘蛛の子を散らすようにその場から走り去っていった。先ほどまで鳴り響いていた蝉の声はピタリと止み、辺りは静寂に包まれている。

瞬は呆気に取られた表情で一歩一歩手すりの傍へと近づいた。隆はきっと生きている。死んだはずがない……。そう言い聞かせても、激しい心臓の鼓動を鎮めることはできそうにない。

瞬が屋上から真下を覗き込もうとした時、どこからともなく男の呻き声が聞こえてきた。驚いて顔を上げると、いつの間にか辺りは暗闇に包まれている。状況が二転三転し、何が現実なのか分からない。

瞬のこめかみに鋭い痛みが走った。頭の中から声が聞こえる。瞬は声にならない叫び声を上げていた。叫ばないと気が狂いそうだった。

「誰だ……？　隆か？」

「瞬くん……」

「俺がお前を突き落としたのか？」

「ううん。僕は瞬くんを救いたかっただけ」

「俺ができることなら何でもする……。どうしたら許してくれる？」

瞬がぎゅっと目を閉じると、静寂が辺りを包んだ。俺ができることは何もないのだろうか。いや……、きっと何か少しくらいはあるはずだ。気づけば瞬は自分に問いかけていた。

「……じゃあ一つだけお願いがある」

「何だ？」

「未来を変えて」

突拍子もない言葉に瞬は耳を疑った。

「どういう意味だ……？」

「未来を変えることができたら、許してあげるよ」

その声を最後に、隆の声は瞬の脳内から完全に消え去った。何度呼びかけようとも、応答する気配は感じられない。

隆……。いったいお前は俺に何を伝えようとしたんだ？　瞬は心の中で隆に向かって語りかけたが、やはりその返事は貰えそうになかった。

瞬は頭上のヘルメットを取り外すと、ゆっくり目を開けた。目の前では武蔵がじっと瞬を見つめている。

「思い出したか？」

武蔵の言葉に瞬は小さく頷いた。

「俺が突き落としたんだ……。友達を……」

絞り出すような声でその言葉を口にした途端、様々な感情が堰を切ったかのように溢れ出てくる。そう、隆は俺にとって唯一の友達だった。瞬の目からは自然と大粒の涙がこぼれ落ちてきた。

「いいか、宮本。過去は変えられない。だが、未来は変えられる」

思わぬ武蔵の言葉に、瞬は顔を上げた。武蔵の瞳の中には揺らめくような光が明々と燃えている。気づけば瞬は武蔵の足元にすがりついていた。

「未来を変えるにはどうしたらいい？　なぁ……。教えてくれ」

武蔵はゆっくりと瞬の頭の上に手を置いた。武蔵の大きな手から暖かいエネルギーが伝わると同時に、瞬の目の前をオレンジ色の光がふわりふわり漂ってくる。この光を掴みたい……！

目の前でゆらゆらと揺れている光に瞬が手を伸ばした瞬間、脳内を覆っていた靄のようなものがすっと消えた。身体中に痺れるような爽快感が伝わってくる。

「気分はどうだ？」

武蔵の言葉に、瞬はゆっくりと頷いた。

「目が覚めた」

瞬はこの瞬間、自分が戸隠の洗脳下に置かれていたことをハッキリ意識した。

他の少年少女たちもゆっくりとヘルメットを外し、真剣な眼差しを浮かべている。虚ろだった目には光が宿り、各々意志を取り戻したかのような面持ちへと変化していた。

「宮本。お前はこれからどうしたい？」

武蔵の問いかけに、瞬は決意のこもった眼差しを向けた。

「何としてでもここを出る。そして隆の言ったように、未来を変える」

武蔵は瞬の答えに頷くと、その場にいる少年少女たちにブラックのクレジットカードを手渡し始めた。瞬の手の上に置かれたカードには、カタカナで〝ミヤモトシュン〟と書かれている。

「これは？」

「自由に使って構わない。限度額は無制限だ」

瞬はまじまじとカードを見つめた。ブラックの重厚な色がクレジットカードの中で最上位のグレードに位置付けられていることくらいは知っている。

「どうして俺たちにこれを……？」

「まず初めに言っとくが、俺の話を最後まで聞いたのなら、俺に従うと約束しろ」

武蔵の思いがけない言葉に、瞬はごくりと息を飲んだ。その場にいる全員が静かに頷くと、武蔵は大きく深呼吸をし、話し始めた。

「元々我々は第三次世界大戦の勃発を阻止するための公の機関として設立された。当初は世界の武力格差をなくし、巨大な力を一挙に集約することが目的だったが、過激な選民思想を持った戸隠が現れたことで組織は分裂。戸隠は個人事業主として会社を立ち上げると、日本の大手製薬会社を買収し、世界各国から有能な研究者たちを集めて〝アカルデミノ〟を用いた超能力の開発に着手した」

「その超能力で何するつもりなんだ？」

「1年後、シンガポールを舞台に大規模な催眠実験を行うことになっている。シンガポールは国土が狭い上に人工物が多く、集団催眠にはうってつけの場所だからな」

いつの間にか瞬は、前のめりになって武蔵の話に聞き入っていた。途方もない話だが、戸隠なら苦もなくやってのけるだろう。そう思わせてしまう不気味さがあの男にはあった。

「目的は？」

「強大な資金源を手に入れるためさ。シンガポールという国をコントロールすることができれば、世界は簡単に戸隠の思い通りに動かせるようになる」

「……そんな！　止めないと！」

「そう。だから俺はお前たちを選んだ」

武蔵は部屋にいる一人一人に視線を移していった。各々事態の深刻さを理解したのか、皆真剣な表情を浮かべている。

「今から10分間、施設内のセキュリティ装置を停止させる。その隙に逃げろ」

「武蔵は？」

「俺はここに残る」

有無も言わせない武蔵の口調に瞬は思わずたじろいだ。自分たちを逃がそうとしたり、この研究所に留まろうとしたり……この男の考えていることが何一つ分からない。

「どうしてここに残る必要がある？」

武蔵はしばらく無言でいたが、おもむろに右目の下を手の甲でこすると瞬の前に顔を近づけた。

「俺の顔をよく見ろ」

こすった場所には星型の赤い痣が浮かび上がっている。どこかで見た痣だ、と思った瞬間、瞬はあっ！　と短い叫び声を上げていた。

「その痣、もしかして……」

「戸隠は俺の兄貴だ」

瞬はまじまじと武蔵の顔を見た。指摘されなければ、武蔵と戸隠が兄弟だと気づく者はいないだろう。体形も顔つきも全く異なる2人を結びつけるのは、唯一目の下に浮かび上がった星型の痣だけだった。痣は2人を結ぶ象徴のごとく、赤味を帯びている。

「裏切って平気なのか？」

「元々俺たちには世界平和のために武力を集約するという明確な目的があった。でも欲に目がくらんだ戸隠はそれをすべて自分のモノにしようとした……。もう俺しか止めることができない」

「説得しても無駄なのか？」

「何度も説得したさ。だが、『戸隠は俺の言うことなんて聞きやしない』」

武蔵の真剣な表情からは並々ならぬ決意が伝わってくる。恐らく武蔵はこの研究所の中で人知れず闘ってきたのだろう。その思いは瞬の胸にもひしひしと伝わってきた。

「分かった。武蔵も無事でいてくれよ」

「ああ。お前たちは今、ここから逃げることだけを考えろ。ただし、施設を一歩でも出たら一切の記憶を失うことになる」

「一切の記憶？」

「家族を危険にさらしたくはないだろう？　1年後、その時が来るまでは自力で生き抜くんだ」

武蔵は部屋のドアを開け、廊下に出ろという手振りをした。瞬はまだ武蔵に聞きたいことが山ほどあったが、のんびりしている暇はないらしい。

「俺たちは未来を変えることができるのかな？」

瞬は真剣な眼差しで武蔵に尋ねた。

「それはお前次第だ」

武蔵はふっと笑顔を作ると、瞬の背中をそっと押した。武蔵に触れられた背中がじんわりとした熱を持っている。この一歩を踏み出すことができれば、自分は少しだけ前へ進めるかもしれない。瞬は覚悟を決めると、部屋の外へと足を踏み出した。

第三章

大きな歓声の中、瞬はリング上に立つ高へと視線を向けた。殴られた右頬が熱を持ってジンジンと熱くなっている。あまりのパンチの強さに立っているのがやっとの状態だ。

「ねぇ、そろそろ思い出した？」

高はそう言うと、ゆっくりと歩きながら瞬の前へ来た。

その動作はあまりにも自然で、瞬は一瞬ここがリングの上であることを忘れそうになったが、次の瞬間、再び高は素早く拳を放った。速い！　そう思った瞬間、瞬は再び高のパンチを食らってリング上に倒れ込んだ。

「本気出してよ。瞬くんはもっと速いはずだよ」

高は嬉しそうな表情で、瞬に向けて来い来いとジェスチャーをした。

瞬は顔をしかめリングの上に血を吐き出すと、ニヤリと笑みを浮かべた。

「久しぶりだな……高。全部思い出したよ」

瞬は立ち上がり、高に向かって蹴りを放った。その軽やかな身のこなしに、観客たちからも感嘆の声が上がった。高はその蹴りを間一髪で避けると、ぴゅうっと口笛を吹いた。

「やっぱり速いや」

瞬は高をじっと見た。1年ぶりにまさかこの場所で高に再会するとは思ってもみなかったが、ようやく失っていた自分のパーツの一部を取り戻すことができたような気がする。

「お前に1発入れられたから、俺も1発入れさせてもらう」

「瞬くんの攻撃は僕に当たらないと思うけどなぁ」

「どうしてそう思う？」

「だって僕は見たものの状態を計算して、これからどうなるかが瞬時に分かるんだよ？　瞬くんがこれから取る行動もすべて予測できる」

「そうだったな。じゃあ……これも？」

瞬は首元で手印を結ぶと、目もくらむほどの速さで高の前へと移動し、その脛に思い切り回し蹴りを入れた。

「いったぁ……」

「ほら、どうだ。入ったぞ」

高はふっと笑うと、瞬を見上げた。その瞳からは旧懐の情が滲み出ている。

「瞬くんってやっぱ変わってないね」

「人間そんなすぐには変わんないだろ」

「それもそうだね」

高は瞬の傍へ近づくと、耳元で囁いた。

「もう少しこの続きをやりたいところだけど、今この会場には組織の追手がいる」

ここに追手が来ているのか。瞬が会場内を見渡すと、リングサイドのパイプ椅子に座る長髪のスーツ姿の男性が目に飛び込んできた。

「走るよ」

瞬の心臓が激しい警告音を鳴らしたと同時に、瞬と高はリングから飛び降り、その場を駆け出した。会場内の騒めきが背後から迫ってくる。この先リングに上がることは二度とないが、自分はこの世界でさらに強大な敵と対峙しなくてはならないのだ。抑えきれないほどの恐怖を抱えながら、瞬は目の前を走る高の背中を夢中で追いかけた。

瞬と高は六本木通りまで来ると走る速度を緩めた。背後から追手の気配は感じられない。どうやらうまく撒くことができたようだ。瞬は安堵のため息を漏らすと、周囲に視線を向けた。都会の騒めきと共に、毒々しいネオンの光が周囲を照らしている。それはいつもと変わらない六本木の風景であり、先ほどまで瞬の日常の一部〝だった〟光景だ。そして恐らくその日常は、もう二度と戻ってこないだろう。

高が片手を上げてタクシーを呼び止めると、2人は急いでタクシーに乗り込んだ。窓から外を眺めると、東の空がすでに明るくなり始めている。欲望にまみれた街に光が広がり、闇が後退していくようだ。瞬は窓を少し開けて清々しい空気を吸い込むと、高の方へと視線を向けた。

「よく俺の居場所が分かったな」

「瞬くんさ、身体に多額の保険金かけてるでしょ？　それで怪しいなと思って調べたら、ビンゴだったよ」

「保険金？　俺の身体に？」

「たぶんクラブのマネージャーが勝手にかけたんじゃないの？」

瞬の脳裏に気まずそうに笑う木原の顔が過った。

「でもさ、俺たち別に闘うことはなかったんじゃないか？」

「えー。普通に再会するなんてつまらないじゃん。それに、あのクラブのマネージャーに10万渡したらすぐに試合組んでくれたし」

なるほど。木原が試合をブッキングした理由を濁したのは、こういうことだったのか。とことん金に意地汚い守銭奴め……。瞬は心の中で小さく舌打ちした。

「今から僕たちのアジトに瞬くんを招待するよ。懐かしのメンバーに早く会いたいでしょ？」

「あの時一緒に逃げ出したメンバーか？」

「そうそう！」

「武蔵もいるのか？」

「武蔵は組織にいるよ。表向きはまだ組織の一員だからね」

「そうか……」

「瞬くん、ちょっと休みなよ。疲れてるでしょ？」

高の言葉に瞬はゆっくり頷いた。昨日から今日にかけての疲れが全身を一気に駆け巡る。鉛のように重い瞼に抵抗することなく、瞬は一瞬にして夢の世界へと落ちていった。

次に瞬が目を開けた時、すでにタクシーは目的地に到着していた。いつの間に眠ってしまっていたのだろうか。

高に促されてタクシーから降りると、瞬の目にタワーマンションが飛び込んできた。ざっと数えても50階以上はありそうだ。高は瞬に自分についてくるように言うと、マンションの中へと入っていった。エントランスには大理石が敷き詰められており、玄関はオートロック式のカードキーで解除できるようになっている。

エレベーターに乗り込むと、高は最上階である52階のボタンを押し、カードキーをボタン下のパネルに翳した。動き出した瞬間、瞬は耳の奥にツンとした軽い痺れを感じたが、エレベーターはすぐに目的の階へ到着した。

上品な音と共に扉が開くと、赤い絨毯が敷かれた廊下が広がっている。ワンフロアに1室しかない部屋の前で、高は立ち止まった。

「ここだよ」

高はカードキーを翳してドアを開け、中へと入っていった。玄関には女性もののハイヒールや男物のスニーカーが並べられている。

「早くこっち来てよー！」

高の声にふと我に返りリビングへと向かうと、天井の高い広々としたリビングには4人の男女がソファに腰かけていた。4人はリラックスした様子で瞬を見つめている。瞬は無意識に4人の元へと駆け寄った。

「瞬くん、皆のこと覚えてる？」

高の言葉に、瞬は思わず足を止めた。確かに一緒にあの施設で過ごしたとはいえ、満足に話をしたことはないのだ。高以外はほぼ初対面と言っていいだろう。

瞬は気まずそうな顔を高に向けた。

「ごめん。紹介してもらっていいか？」

「分かった。まず、この背が高いのがドイツ人のブルーノ。彼は電子の流れを操る能力を持っていて、ケーブルや電線に触るだけで、そこを流れてゆく情報を理解したり、操作したりできるよ」

ブルーノは立ち上がると、瞬に向けて無言でお辞儀をした。身長は185cmほどであろうか。赤いもじゃもじゃとした毛に、怯えたような一重の目が印象的だ。小脇に抱えた最新型のMacBookを見る限り、電子機器には強いのだろう。

「ブルーノの隣にいるのが韓国人のキム・ジュンホウ。キムは人の思考に潜入し、言動を一時的に操ることができる。でも能力を使うのはナンパくらいだよね？」

「そういうこと言わないでよ。僕だってこの能力を、ちゃんと世のため人のために役立てようと考えているんだから」

瞬はキムの声を聞いて驚いた。美しい長めの髪を靡かせているキムは、どこからどう見ても女性にしか見えない。華奢な身体は柔らかい曲線を描いており、白く透き通った肌にはシミ一つなかった。陶器のように滑らかな肌の上には、黄金比率に近いほどの均等性が保たれた目と鼻と口が配置されている。キムがかなりの美形であることは間違いないだろう。

「え……。男?」

瞬は思わず心の声を漏らした。キムは不服そうな表情で瞬の元へ行くと、瞬の胸を軽く小突いた。

「ちょっとひどいよ。これでもれっきとした男なんだから!」

2人のやり取りを見ながら、高は楽しそうな笑いを浮かべている。

「キムはこんな外見だけど、可愛い女の子が大好きなんだよね」

「こんな外見……っていうのは一言余計だから」

キムは不服そうな様子でソファへ戻ると、ドサリと腰かけた。ふと出る仕草は、間違いなく男性そのものだ。

高は周囲を見回すと、少年のようにボーイッシュで浅黒い肌の女性に視線を合わせた。

「えっとぉ、この子はタイ人のメイ。メイは日本語がうまく話せないけど、僕たちが言っていることはあらかた分かるよ、ね、メイ?」

メイは瞬には目もくれず、口笛を吹きながら、手の平でダンベルを転がしている。瞬がメイに挨拶をすると、メイは持っていたダンベルを差し出した。女なのにダンベルが好きなのか、と何気なしにダンベルを受け取った次の瞬間、信じがたいほどの重みが瞬の腕に圧し掛かり、瞬は叫び声を上げた。あまりの重さに腕が抜けそうだ。

重さに耐えきれなくなった瞬がダンベルを落とすと、ドシンという大きな音が部屋中に響き渡り、フローリングには巨大な凹みが生じた。

「あー……。ごめん。先に言っとけばよかったね。メイは周囲の重力場をコントロールできる能力を持っている。つまり、この30kgのダンベルも、メイにとっては300gくらいにしか感じない」

30kgか……。どうりで重いはずだ。瞬は未だ痺れている腕をさすりながら、恨めしい表情でメイを見た。メイは素知らぬ顔つきで再びダンベルを手に取り、遊んでいる。

「メイは車を持ち上げたり、コンクリートの塊を易々と投げたりできちゃうんだよ。だからメイが持っているものを無暗に持たないようにね。じゃ、最後に、僕たちの最終兵器を紹介するよ」

「最終兵器？」

「そっ！　このメンバーの中で最も強い能力を持つ、岡悟司《おかさとし》くんです！　あれ？　いない？」

高は不思議そうに辺りを見回している。

たった今までソファの端にあどけない顔つきの少年が座っていたのに……。瞬がそう思った瞬間、後ろで声がした。

「ここだよ」

高と瞬が振り返ると、15、16歳くらいの少年が笑顔を向けていた。あどけなさの残る顔には一切の邪気がなく、人を惹きつける可愛らしさが溢れている。瞬は一瞬にして目の前に座る少年に心を奪われた。

「悟司くんはどんな能力を持っているの？」

悟司は考える素振りをして、小首を傾げた。

「僕はどんな能力も持っていないよ」

「高は君が最も強い能力を持っている、って言っているけど……」

本当にこの少年が最も強い能力を持つのだろうか。瞬は信じられないといった抗議の視線を高に送った。

「瞬くん、僕の言うこと信じてないなぁ。じゃあちょっと見せてあげるよ！　メイ、ちょっと来て！」

高はメイを手招きで呼び寄せると、悟司にメイの肩に手を乗せるように指示した。いったい何をするつもりなのだろうか。瞬は怪訝な様子で事の成り行きを見守ることに決めた。

高は、悟司がメイの肩に手を乗せたのを確認すると、メイが持っていたダンベルを悟司に手渡した。次の瞬間、瞬は我が目を疑った。悟司が細い腕でダンベルをお手玉のように放り投げたのだ。

「嘘だろ？　それ本当にさっきのダンベル？」

悟司が瞬にダンベルを手渡そうとしたので、瞬は慌てて断った。30kgのダンベルなんて冗談じゃない。悟司は瞬の慌てぶりに笑顔を作りながら、ダンベルをひょいっと脇に置いた。

「僕は相手に触れるだけで、その人の能力をコピーすることができるの。今はメイに触っているから、ダンベルだって楽々持てちゃうよ」

「じゃあ俺に触れば……」

「うん。瞬さんの持つ能力をコピーできる」

瞬は今一度悟司をまじまじと見つめた。確かに相手の能力を吸収することができれば、それはかなりの戦力となりうる。悟司が敵だとしたら、これほど厄介な相手はいないだろう。

「ね、個性的なメンバー揃いでしょ？」

高はすごいだろ、と言わんばかりの表情で瞬の顔を覗き込んだ。

確かにすごいことに変わりはないが、自分はこの個性的なメンバーたちの中でうまくやっていけるのだろうか。

瞬が一抹の不安を覚えた矢先、鼻先に嗅いだことのある甘ったるい香水の匂いが漂ってきた。

「私の紹介もしてよ」

聞き覚えのある声に振り向くと、そこにはエマが立っていた。

「エマは瞬くんとクラブで話したんじゃないの？」

高の言葉に、エマは妖艶な笑みを浮かべた。立ち昇るような色気に、思わず顔を背けてしまいそうになる。

「あの時は少ししかお話しできなかったのよね」

微笑むエマの表情には、得も言われぬ殺気が見え隠れしている。先ほどはそれほど意識していなかったが、この女がかなり強い力を持っているであろうことは容易に察しがついた。

「エマは五感を自由自在にコントロールできるから、偵察なんかが得意だよね。まぁ、エマが能力を使っているとこ、ほとんど見たことないけど」

苦笑いする高を横目に、キムが不服そうな様子で口を出した。

「エマはすぐ男に色目使って情報を得るからね」

「まぁ、ひどい言い草ね。あなたがモテないのを私のせいにしないでちょうだい」

エマはそう言うと、リビングを颯爽と横切り、部屋へと入っていってしまった。

「感じの悪い女！　僕、エマだけは本当無理」

部屋のドアが閉まる音が聞こえるやいなや、キムはこれ見よがしにエマの悪口を言い始めた。どうやらこのメンバーに〝協調性〟というものは存在しないようだ。

一通りメンバーの紹介が終わり、瞬はソファに腰かけ一息ついた。リビングには強い朝日が差し込み、腕時計の針は朝の7時を指している。もうこんな時間なのか……。とあくびをかみ殺している瞬の横に、気づけば悟司が座っていた。

「ねぇ、瞬さんの能力は何なの？」

いきなり悟司に尋ねられ、瞬は言葉に詰まった。

「……速さ、かな」

「速さ？　速く動けるってこと？」

「そうだね。目標物があれば、それに向かって身体を一瞬にして移動させることができる」

瞬は手を握ったり閉じたりしながら、今までの人生を振り返っていた。記憶を消され、家族とも縁を切り、一人東京で暮らしてきた自分が手に入れたものは何だったのだろうか。それが光速に近いほどの速さだとしたら、そんなものは今すぐにでも捨て去ってしまいたかった。

悟司は瞬の苦悩を感じ取ったかのように、目を瞑り、瞬の肩にそっと手を置いた。瞬の肩から腕にかけて痺れるような電流が走ったと同時に、悟司の全身が大きく震え出した。その様子はメイの時とは明らかに異なっている。

「おい、どうした？　大丈夫か？」

瞬の呼びかけに応えず、悟司は口の端から涎を垂らしながら天井の一点を見つめている。

「瞬くん！　悟司くんの手を払って！」

ふいに高が叫び声を上げた。肩に目を向けると、悟司の手は瞬の肩を今なお強く掴んでいる。瞬は慌てて悟司の手を肩から振り払った。すると次第に悟司の呼吸は落ち着いてゆき、目に焦点が戻り始めた。

瞬がほっと胸を撫で下ろしたのも束の間、再び悟司は慌てた様子で瞬に詰め寄り、瞬の肩に手を置こうとした。

「何だよ、やめろよ」

瞬は後ろへと下がりながら、再び悟司の手を払いのけた。悟司は呆然とした表情のまま宙にきょろきょろと視線を彷徨わせている。

「視えた……」

「何が？」

「ねぇ、瞬さんの家族は今どうしているの？」

深刻そうな様子の悟司に、部屋にいるメンバー全員が視線を向けた。悟司が何を言おうとしているのか分からず、瞬の胸には不安が広がってゆく。よくよく考えてみれば、自分の家族が今どこでどうしているのか全く分からないのだ。ふいに瞬の脳裏には、母と杏の顔が浮かんだ。

「分からない。研究所を脱走してから記憶を失っていたし……」

「瞬さんには妹さんがいるよね？」

瞬の脳裏に幼い杏の顔が浮かんだ。瞬の記憶の中の杏は7歳で止まっている。

「ああ、杏って名前の妹がいる」

「杏さんは恐らく組織に捕まっている……」

雷に打たれたような衝撃が走り、瞬は身体を強張らせた。首筋を冷や汗が伝ってゆく。瞬はやっとのことでその言葉の意味を咀嚼し終えると、口を開いた。

「杏が……？　どうして……」

「ＳＮＰ研究所は杏さんの体内で自然発生した〝アカルデミノ〟を利用して、催眠実験をするつもりなんだよ」

悟司の言葉が理解できず、瞬はきょとんとした顔つきで悟司を見た。悟司の言葉を一字一句心の中で繰り返してみたものの、悟司が何を言わんとしているのか理解することができない。

「どうして杏の体内で自然発生するんだよ……」

そこまで言って、瞬はハッとなった。そういえば戸隠は母が体内で〝アカルデミノ〟を生成し、父が人工培養を成功させたと言っていた。それが事実だとすれば、母の遺伝子を受け継いだ杏の体内で〝アカルデミノ〟が存在しても何らおかしくはない。

「もしかして杏の〝アカルデミノ〟は母さんから受け継いだものなのか？」

「うん。僕たちが人工的に注入された〝アカルデミノ〟細胞は、元々瞬さんのお母さんの体内から抽出されたものだよ」

やはり両親が組織の研究に携わっていたのか。絶望の海へと叩き落され、瞬は首を垂れた。

「ごめん……」

瞬は誰に言うでもなく、小声で謝罪の言葉を口にした。

「別に瞬さんが謝ることじゃないよ。それに恐らく瞬さんの体内にも天然の〝アカルデミノ〟が存在していると思う」

「俺の中にも？」

〝アカルデミノ〟が元から存在していたと言われても、どうもピンと来ない。瞬は困惑した表情を浮かべた。

「うん。さっき瞬さんに触った時のエネルギー、すごかったもん。でも、杏さんの持つエネルギーはそれの比じゃない」

悟司の言葉に、瞬は思わず息を飲んだ。事態は思いのほか深刻だ。もはや一刻の猶予もないことは分かっていたが、もう一点悟司に確認しておきたいことがある。瞬は立ち上がると、悟司の方に視線を向けた。

「母さんがどうしているか分かるか？」

瞬の質問に、悟司はさっと表情を曇らせた。悟司の顔にはすでに〝答え〟が出ていたが、瞬は悟司が口を開くのをじっと待った。

「瞬くんのお母さんは……たぶん死んだと思う」

予感のようなものは常々感じていたが、いざ言葉に出されると堪えるものがある。広大な砂漠に一人取り残されたような底知れぬ孤独と絶望を感じたが、不思議と涙は出なかった。もしかしたら自分は、心の中でこうなることを予測していたのかもしれない。恐らく母は研究所の人間に殺されたのだろう。

「そうか……」

瞬は悟司に背を向けると、リビングのドアの方へと向かった。

「瞬くん！　どこ行くつもり？」

高が慌てた様子で瞬の後をついてきた。

「今から長野の白馬村に行ってくる。そこに手がかりがあるはずだ」

「もうそこには、お母さんも杏ちゃんもいないんじゃないの？」

「分かってる」

高の言うことはもっともだったが、恐らくあの家にはまだ俺の知らない秘密が眠っているはずだ。あの家に引っ越した時、母が一番初めに言った言葉が瞬の脳内を駆け巡る。母は〝私に何かあった時は父さんの遺影を開けて〟と確かに言ったのだ。恐らく今がその時であることは間違いない。

瞬がリビングのドアを開けて急いで玄関に向かうと、そこには腕を組んで立っているエマの姿があった。

「随分と急いでいるのね」

瞬はのんびりとしたエマの口調に苛立った。

「どけよ、急いでるんだから」

「どんな時でも冷静でいないと真実は見えなくなるわよ」

エマはふと身体を横にずらし、瞬に道を開けた。

「真実？　どういう意味だ？」

「あなたはまだ見えていないものがありすぎる」

エマの言葉に反論しようとした瞬間、尻ポケットに入っていた携帯電話がプルプルと震え出した。見ると、知らない電話番号からの着信である。こんな朝早くからいったい誰なのだろうか。瞬は不機嫌な態度を露に、電話に出た。

「はい、もしもし？」

「……私だけど」

「誰？」

「奈美子です」

瞬はため息をついた。

「どうして俺の電話番号を知ってるんだよ。ごめん、今急いでるから切るわ」

「ちょっと待って！」

奈美子の強い口調に、瞬は通話ボタンを切る手を止めた。

「何？」

「昨日、クラブで対戦相手の中国人といきなり消えたでしょ。何か危険なことに巻き込まれているんじゃないかって心配で……」

「大丈夫だから。じゃあ切るね」

そう言って通話を終えようとした瞬間、エマがひょいと瞬の手から携帯電話を取り上げ、通話口に出た。

「おはよう。奈美子ちゃん」

「え、誰？」

「私は今から、宮本瞬と一緒に長野県の白馬村に向かうわ。あなたも来たかったら、どうぞいらして」

瞬がエマから携帯電話を奪い返すと同時に、エマは通話を切った。

「どういうことだ？」

「ちょっとお手伝いしてあげただけよ。この子は私たちと同じ匂いがするからね」

エマはハイヒールを履き、玄関の扉を開けた。

「ほら早く靴を履いて。急いでいるのでしょう？」

瞬はわけが分からぬまま、靴を履いて廊下に出た。こいつらの言うことをいちいち考えていたら、頭がおかしくなってしまう。今は長野の実家へ向かうことが何よりも先決なのだ、と瞬は気持ちを切り替えた。

奈美子は、ツーツーと通話の切られた携帯電話を唖然とした表情で見つめていた。

今の声の主はいったい誰なのだろうか。瞬の携帯電話に出たということは、あの試合の後に落ち合ったのは女だったのか。一緒に逃げた中国人の対戦相手も一緒なのだろうか。奈美子の頭の中には次々と疑念が湧いてきた。

こうして考えていても時間だけが過ぎていくのならば、女の言っていた白馬村に行くしかない。

奈美子はクローゼットを開け、大きめのボストンバッグに1日分の宿泊セットを詰めた。こうしてみると、自分は本当にストーカーの一歩手前なのではないかと思ったが、そこまでしてでも自分は瞬のことを知らなければいけない。それは恋愛感情というよりも強迫観念に近いものであった。

部屋の掛け時計の針は9時30分を指している。携帯電話で白馬行きの電車を調べると10時2分に東京駅を出発する長野行きの北陸新幹線があったが、時間的にはギリギリのようだ。もう1本後の新幹線に乗るべきか迷ったが、恐らく宮本瞬はこの新幹線に乗るつもりだろう。

自らの直感を頼りに、奈美子はバッグを掴むと玄関を飛び出し、一目散に駆け出した。

瞬は、新幹線の座席に腰かけ、流れゆく高層ビル群を横目で見ていた。大切な人も思い出も、すべてが幻のように自分の前から過ぎ去ってゆく。自分の孤独な人生に終わりが来るとすれば、それは〝死〟以外にないだろう。

瞬が虚ろな眼差しで物思いに耽っていると、肩をトントンと叩かれた。

「隣、誰もいないの？」

聞き覚えのある声に顔を上げると、瞬の目の前にはショートパンツにタンクトップ姿の奈美子が立っている。

「……嘘だろ」

「張り込みは得意なの」

「本当に人の都合ってもんを考えないんだな」

「私、好きになったら一途だから」

奈美子の真剣な眼差しに、瞬はふっと笑みをこぼした。先ほどまで不安と恐怖に押しつぶされそうだったが、奈美子のあっけらかんとした明るさに胸のつかえが下りたような気がする。

奈美子は瞬の隣に座ると、鞄の中からスケッチブックを取り出した。

「昨日瞬が闘った相手って、知り合いだったの？」

「まぁな。昔の知り合いだよ」

「知り合いにしては様子がおかしかったけどね。それにあの人、瞬が攻撃する前に避けていたしなぁ」

瞬は驚いて奈美子を見た。この女には俺の攻撃が見えていたというのか。

「見えていたのか？」

「うん。なんか最近、異常に視力が良くってさ」

奈美子は瞬きをしながら、長い睫毛を揺らしている。

「最初、俺が助けた時は？」

「うーん……。あの時は何も分からなかったよ」

いったいどういうことなのだろうか。奈美子の言葉が真実であるなら、ここ数日で奈美子に何らかの変化が起きたのだろう。そう考えると、自分の行く先々をまるで予知していたように現れる奈美子の行動も、奇妙なものに思えてくる。

「ねぇ、今、私のことを考えていたでしょう」

奈美子はいたずらが見つかった少女のようなペロッと舌を出した。

「私ね、初めて出会った時から瞬に引力を感じたの」

「引力？」

「そう。磁石同士がくっつく感じ！」

磁石同士という言葉に、瞬はハッとした表情を浮かべた。エマは電話を切った際、奈美子とは同じ匂いがすると言っていた。ということは、この女も能力者だということは考えられないだろうか。

瞬は横目で奈美子を見た。手をパタパタとあおいでいる奈美子からは、他の能力者たちが持つような異様な気配は感じられない。俺の思い違いなのだろうか……。

瞬が考え込んでいると、奈美子が真剣な表情で瞬の顔を覗き込んできた。

「ねぇ、電話で話した女の人は来ないの？」

奈美子の言葉に、瞬は我に返った。

「来ないよ。最初から俺一人で行くつもりだったから」

「何しに行くの？」

瞬は奈美子にどこまで話すべきなのか迷った。奈美子が能力者だとしたらこの先何かの役に立つ可能性もあるが、一般人だった場合はただ危険にさらすだけだ。瞬は無難に答えることに決めた。

「ちょっと探し物があって」

「そっか……」

瞬の答えに頷き、奈美子はその先を聞こうとはしなかった。

やがて新幹線は、街並みの風景から山の目立つ風景へと移り変わっていった。隣に座っている奈美子は、寝息を立てて気持ち良さそうに眠っている。

ふと、奈美子の寝顔が誰かに似ているような既視感を覚えた。どこかで見たような気がするが、そこから先は思い出せそうにない。

瞬の視線を感じたのか、奈美子はうとうとしていた目を開けた。

「もう着く？」

瞬は奈美子から目を逸らし、腕時計を見た。時刻は12時10分を指している。あと10分ほどで到着するであろうことを告げると、奈美子は荷物をまとめ始めた。瞬はその姿をじっと目で追いながら、先ほどから疑問に思っていたことを尋ねた。

「聞かないのか？」

「何を？」

「……色々と疑問に思っていることがあるだろ」

「聞いてほしいの？」

奈美子はきょとんとした顔で瞬を見た。

「いや、別にそういうわけじゃないけど……」

「聞いてほしいなら聞くけど、聞いてほしくなさそうだったからさ」

やはり変な女だな、と瞬は思った。しつこい行動力とは裏腹に、妙に勘の鋭いところがある。そういえば妹の杏も似たようなことがあったな、と思った瞬間、先ほどの既視感の正体がパッと閃いた。そうだ、奈美子は杏に似ている。

瞬はもう一度奈美子の顔を見た。杏とは7歳の頃に別れたきりになっているが、恐らく成人すれば奈美子に近い顔立ちになるだろう。

「お前の両親は？」

突然の質問に、奈美子は困惑した表情を浮かべた。その瞳の奥に悲しみの色がさっと過ったのを瞬は見逃さなかった。瞬は前のめりになる自分を抑えながら、じっと奈美子を見つめた。思えば最初に奈美子を助けたのも、中野駅で妹に似ている女性を見かけたからだった。どうしてそんな大切なことを今まですっかり忘れていたのだろうか。

「両親はいないの。小さい頃に交通事故で両親を亡くして、叔父の家で育てられたから」

「叔父の名前は？」

「そんなこと聞いてどうするの?」

「いいから言えよ」

「佐伯幸太郎《こうたろう》だけど……」

瞬は記憶を手繰ってみたが、佐伯幸太郎という名に心当たりはなかった。たまたま妹に似ているだけなのだろうか……。けれど両親が事故で他界しているというのがどうも気にかかる。

「ねぇ、もう駅着くよ!」

奈美子の声で窓を見ると、新幹線は長野駅のホームに到着しようとしていた。瞬は慌てて荷物を手に取ると、奈美子と共にプラットホームへ降り立った。


長野駅から列車を乗り継ぎ白馬村へ着く頃にはかなりの疲労が溜まっていたが、かつて暮らした地に足を踏み入れるやいなや、瞬の胸には得も言われぬ懐かしさが込み上げてきた。山からのひんやりとした清涼な空気は、瞬の火照った身体を冷やしていく。瞬は大きく深呼吸をすると、辺りを見渡した。以前と比べて特段変わっているといったことはなさそうだったが、部外者の侵入を阻止するかのように厳かに立ちはだかる山々は瞬の心に強烈な閉塞感を与えた。

今この瞬間、奈美子がいてくれて良かった。瞬は気持ち良さそうに伸びをしている奈美子を横目で見ると、急ぎ足でかつての自宅へと向かった。


瞬たちが自宅前に到着すると、眠ったように静かに、かつての自宅は荒れ果てた状態で佇んでいた。板壁はどこも腐りかけ、屋根はいつ落ちてもおかしくない状態だ。自分たちが引っ越してきた当時の時点でかなりの築年数が経っていた古い民家であったが、手入れをしていないと荒廃も早いのだろう。

瞬は玄関先に密集して生い茂っている雑草を掻き分け、立て付けの悪い引き戸を開けると、中へ入った。シーンとした静寂に包まれた家は、独特の寂寥感が漂っている。

瞬と奈美子は、ぎしぎしと音の鳴る廊下を進み、リビングへと向かった。リビングは瞬が誘拐された当時のまま、すべてが元あった場所に配置されている。誰かに荒らされた形跡はなさそうだ。

「ねぇねぇ、これ瞬のお父さん？」

奈美子の声の方へ視線を向けると、奈美子は正明の遺影を見ていた。瞬は遺影を手に取ると、ふっと息を吹きかけ埃を払った。

「そうだよ、これが俺の父親。似てないだろ？」

「うん……。なんか想像していた人と違うね。でも、優しそう」

遺影の中の父は、病弱そうに弱々しい寂し気な笑みを浮かべている。恐らく母が言っていた遺影とはこのことだろう。慎重に写真立ての留め金具をずらし中の型紙を取り除くと、中から白い封筒がはらりと舞い落ちてきた。これが母の言っていた手紙なのだろうか。

逸る気持ちを抑えながら封を開けると、瞬の目には懐かしい字が飛び込んできた。

〝瞬へ
この手紙を瞬が読んでいる時、私はこの世にいないと思います。本当は瞬に直接伝えたかったけれど、どう伝えていいか分からなかったの……。結局こんな形でしかあなたに伝えることができないなんて、本当にダメは母親だよね。迷惑ばかりかけてごめんね。
瞬。実はあなたにはもう1人、父親の違うお姉ちゃんがいるの。信じられないかもしれないけれど、その子の父親は戸隠よ〟

瞬は金槌で脳天を打たれたかのような衝撃と共に、戸隠という名前に釘付けになった。戸隠というのは、〝あの〟戸隠のことを指しているのだろうか。

全身が痺れ、頭が思うように働かない。放心状態の手からは手紙がひらりと舞い落ち、パサッと床に落ちた。

「手紙……落ちたよ？」

奈美子が遠慮がちに手紙を拾おうとした瞬間、瞬はその手紙を乱暴に奪い取った。奈美子に見られてはいけない。瞬の本能がそう告げている。今は先を読み進めるしかないのだ。瞬は深呼吸すると、再び手紙を開いた。


〝正明さんと私が大学の先輩後輩の間柄だったことは知っているよね？　正明さんとは学生時代は特別な関係ではなかったけれど、卒業後に就職した会社で偶然再会し、そこから自然な流れでお付き合いするようになったの。温和で優しかった正明さんのことは頼りにしていたし、信頼していたけど、心のどこかで物足りなさのようなものを感じていたのかもしれない。

そんな時、私たちのいた製薬会社に新社長として戸隠が就任したの。素性も経歴もすべてが謎な男だったけれど、初めて彼を見た時の衝撃は忘れられなかった……。その射貫くような眼差しに、私の心はすべて持っていかれてしまったの。今思えば一目惚れってやつだったのかな。

しばらくして、戸隠は新薬開発の研究室にちょくちょく顔を出すようになり、同じ時期、正明さんは細胞研究の第一人者であるシュンリー所長の元へ2年間の海外研修に行くことが決まった。当時は深く考えなかったけれど、今思えば戸隠が正明さんを私から遠ざけるための策略だったのかもね。

私は正明さんが日本にいない寂しさもあって、すぐに戸隠とは男女の仲になり、その3ヶ月後にはお腹に赤ちゃんがいることも分かった。でもね……。それこそが戸隠の目的だったの。戸隠は細胞を活性化させる劇薬を私に投与し、特殊な遺伝子を持つ赤ん坊を生み出そうとした。本当にバカだった。私がその事実に気づいた時には、すでに堕胎できないほどにまでお腹は膨らんでいたの。

私は逃げるように会社を辞め、正明さんとも連絡を絶ち、一人ひっそりと赤ん坊を出産し、戸隠にバレないように信頼のおける知人の元に預けたの。

孤独と後悔と不安に苛まれ、もうこのまま死のうかと思った矢先、目の前には正明さんが立っていた。正明さんは無言で私を抱きしめてくれて、こんな私とやり直そうと言ってくれたのよ。あの時は本当に信じられない気持ちでいっぱいだった。

それから私は正明さんと結婚し、あなたと杏というかけがえのない存在に出会うことができた。

けれど、私の身体の中には劇薬が残っていたみたい。杏が生後まもなく全身に熱を持った発疹が出るようになったことがきっかけで、杏の中に〝アカルデミノ〟と呼ばれる特殊な細胞があることが分かったの。〝アカルデミノ〟は人間の神経細胞に多大な影響を及ぼすこともあって、幼い杏は生死の境をさまようことになった。不思議なことに、瞬は一切そのような症状が出なかったから個人差もあるのかもしれないわね。

私は悩みに悩んだ末、戸隠に助けを求めたわ。戸隠は杏を助ける代わりに一つ条件を出してきた。その条件が〝アカルデミノ〟の人工培養よ。正明さんがシュンリー所長の元で昼夜問わず研究に没頭したおかげで人工培養には成功したけれど、無限の〝アカルデミノ〟を得た戸隠の思想はさらに過激なものへと変化していった。

その後、杏は何とか一命を取り留めることができ、私たちは心の底から安堵した。やっとこれで平穏な日々を過ごすことができるかもしれない……って。でも運命は残酷よね。淡い期待を抱いた矢先、正明さんは突然家の布団の中で息を引き取ったの。

つい昨日まであんなに元気だったのに……。

絶望に打ちひしがれながら私自身の手で正明さんを死因解剖した結果、彼の体内からは信じられないほどに増殖した〝アカルデミノ〟が発見された。私はその時初めて〝アカルデミノ〟が一定の許容量を超えると身体に障害や何らかの悪影響を引き起こすという事実に行き当たったの。最悪の場合は死や体内爆発すら引き起こす可能性すらあるみたいね。

私は自らの体内で恐ろしい兵器を作り出してしまった事実に愕然とし、すぐにあなたと杏を連れて身を隠した。もしこの発見が知れたら、戸隠は必ず私たち家族を狙ってくる。もしこの手紙を瞬が読んでいるのだとしたら、最悪な状況にあることは間違いない。リビングにある引き出しの一番下に、かつて杏を助ける際に戸隠から受け取った〝アカルデミノ〟の働きを抑制する薬がある。万一の時のために、この薬を肌身離さず持っていて。きっとあなたを助けてくれるはずよ。

最後に。あなたの父親違いのお姉ちゃんは私の幼馴染の〝佐伯幸太郎〟という方に預かってもらっています。念のために手紙の最後に佐伯さんの電話番号を記しておくね。もし瞬がお姉ちゃんに会うことがあったら、愛しているってお母さんが言っていたと伝えてくれると嬉しいな。何を勝手なことを……って呆れられるだろうけどね。瞬、本当に迷惑をかけてごめんね。私は弱くて愚かな女だった。

大きくなった瞬に会いたかった……』


母の手紙はそこで終わっていた。

瞬は手紙を仏壇の横に置くと、呆然自失とした表情を奈美子に向けた。やはり奈美子は自分の異父姉であったのだ。ある程度予想していたとはいえ、ストーカーから助けた女が腹違いの姉とはいったい何という偶然なのだろうか。

「どうしたの？　大丈夫？」

奈美子が不安気な様子で瞬の顔を覗き込んでいる。

「何でもない……」

そう言いながらも、瞬の目からは自然と涙がこぼれ落ちていた。

奈美子は無言のまま瞬の肩に腕を回すと、そっと自分に引き寄せた。かつて母に抱きしめられた時の懐かしい記憶が蘇ってくる。その動作があまりにも慈愛に満ちた暖かいものであったため、瞬は自然と奈美子に身を預けた。母と同じ匂いを放つ奈美子の身体は温かく、そして懐かしかった。疲労と倦怠が大波に飲み込まれるままに、瞬はゆっくりと瞳を閉じていった。

瞬の寝息を聞きながら、奈美子はしばらく瞬の身体を抱きしめていた。窓からは冷気が流れ込んできている。いくら夏とはいえ、白馬は涼しい。何か瞬の身体にかけるものはないだろうかと、奈美子は立ち上がり部屋の中を見渡した。

押入れを開けると、中には黴臭い薄汚れた掛け布団が置かれている。埃っぽい匂いに顔をしかめながら、奈美子が布団を取り出そうとした時、奥にアルバムがあるのに気づいた。家族アルバムの類なのだろうか。幼い頃の瞬を見たい衝動に駆られ、奈美子はアルバムに手を伸ばした。ページをめくる度、幼い瞬がはにかみながらポーズを決めている。天使のように愛くるしい顔が、一直線に奈美子を見つめている。幼少期の頃から綺麗な顔立ちをしていたのだな、と微笑ましい気持ちで次のページをめくろうとして、奈美子は手を止めた。４人で写っている家族写真の一人に見覚えがあったからだ。

「これ……私？」

奈美子はアルバムに目を近づけ、何度もその写真を見た。宮本家の家族写真の中には、奈美子にそっくりな少女が写っていたからだ。顔のパーツから細部に至るまで、その少女は奈美子と瓜二つと言ってもよかった。恐らく瞬の妹だろうが、なぜこんなに自分と似ているのか不思議でならない。

奈美子の心に、ふいに嫌な予感が過った。視線を仏壇に移すと、瞬が読んでいた手紙はまだそこに置いてある。あの手紙を読んだ直後、瞬の様子は明らかにおかしくなっていた。部外者である自分が勝手に手紙を読んでもいいのだろうかと迷いながらも、奈美子の足は自然と仏壇の方へと向かっていた。優しそうな男性が、写真立ての中から奈美子をじっと見つめている。

思えば自分は、父と母に関する記憶がほとんどなかった。物心ついた時には、叔父である佐伯から、自分の両親は交通事故で死んだと聞かされていたからだ。母と父はいったいどのような人だったのだろうか。

その途端、窓から入ってきた突風で、奈美子の足元に手紙が舞い落ちてきた。どうもこの手紙が自分を呼んでいるような気がしてならない。

奈美子はかがんで手紙を拾おうとしたが、次の瞬間、何か得体の知れないものが背中をすっと撫でたかのような不気味な感覚に襲われた。全身から血の気が引いてゆくのを感じる。この手紙を読んでしまったら、もう後戻りはできないような気がしたが、奈美子はゆっくりと手紙を開いた。

瞬が目を開けると辺りは暗闇に包まれていた。身体にはいつの間にか毛布がかけられている。そういえば、奈美子はいったいどこに行ったのだろうか。物音ひとつしない部屋の中を見渡すと、瞬は自分の横に先ほどの手紙と古いアルバムが無造作に置かれていることに気づいた。

まさか奈美子はこの手紙を読んだのだろうか。瞬は自分の身体からみるみる血の気が引いてゆくのが分かった。すぐに処分しなかった自分を恨んだが、後悔しても遅い。

瞬はもう一度手紙を開くと、携帯電話を取り出し、手紙に書かれている番号に発信した。佐伯に詳しく話を聞く必要がある。

プルルルという呼び出し音が何度か続いた後、男が電話口に出た。

「もしもし、佐伯さんのお宅でしょうか？」

「はい、そうですけどどちら様でしょうか？」

男の上品で丁寧な口調に瞬は我に返った。勢いに任せて電話をしてしまったが、いったい何と説明すればよいのだろうか。佐伯がどこまで真実を知っているかによって、話すべき内容は変わってくる。

「私は宮本瞬と申します。宮本政子の息子です」

受話器口から息を飲む音が聞こえた後、短い沈黙が訪れた。


「……瞬くんですか？」

「そうです。佐伯さんの知っていることを教えていただけますか？」

「えっと……。それは……どういう意味で……？」

佐伯はしどろもどろになりながら、言葉を濁している。

「そのままの意味です」

「お願いします。真実を教えてください」

瞬は声を振り絞り、佐伯に訴えかけた。

「政子は元気にしていますか？」

佐伯からの質問に瞬はどのように答えるべきか迷ったが、真実を話すべきだと考え、母の手紙を見つけた旨を佐伯に告げた。

「そうだったんですね……。じゃあ、奈美子のことも？」

「ええ。知っています」

「奈美子はそこにいるんですか？」

「さっきまでいましたが、今はいません」

恐らく奈美子はあの手紙を読み、何かを感じ取ったに違いない。隣にアルバムが置かれているということは、恐らく自分そっくりの杏の写真も見たのだろう。奈美子が激しいショックを受けていることは容易に想像できた。

受話器の向こう側で佐伯が大きく深呼吸するのを感じ取り、瞬は身構えた。

「そうです……。奈美子は私が政子から預かった子です。政子は幼少の頃から才色兼備の美しい女性でね。私はずっと政子に思いを寄せていました」

「母さんは佐伯さんの思いを知っていたのですか？」

「私自身は、小太りで容姿も悪いからねぇ。思いを告げるなんてとてもとてもできませんでしたよ。私はその後、今の家内と結婚したけれど子供に恵まれなくてね。それで、養子を引き取ろうという話になった矢先のことだった」

「それで引き取ったのが、奈美子だったんですね」

「ええ。妻も私も、本当の子供のように奈美子を育てました」

「奈美子はそのことを……」

「もちろん知りません。本当の両親は事故で亡くなったと言ってありますから」

「分かりました。話してくれてありがとうございます」

「奈美子は元気ですか？　強がってばかりだけど、あの子は繊細な子だから……。気にかけてやってください」

瞬は携帯電話を強く握りしめた。

「大丈夫。奈美子は俺が守ります」

瞬は強い口調でそう告げると、通話ボタンを切った。

一刻も早く奈美子を見つけ出さなくてはならない。このまま一人にしておけば、戸隠の実の娘である奈美子の身に危険が及ぶのも時間の問題だろう。

瞬は部屋を見渡すと、電話機の横にある小さな引き出しへと向かった。母の手紙には引き出しの一番下に〝アカルデミノ〟を抑制する薬があると書かれていたが、本当にそのような薬は存在するのだろうか。半信半疑ながらも、腰をかがめて一番下の引き出しを開けると、そこには小さな缶ケースが入っていた。

「これだ……」

おそるおそる缶ケースを開けると、中には小さな錠剤が数十粒入っている。母が言っていた薬とは恐らくこれのことだろう。今後この薬が自分の生命線になることは間違いない。瞬は缶ケースをポケットに入れると素早く立ち上がった。

瞬が玄関を開けて外へと出ると、ひんやりとした山の空気が瞬の頬を撫でた。空を見上げると、今にも星が降ってきそうなほどの圧巻の夜空が頭上に迫っている。様々な光度と光彩で散りばめられた無数の星々は闇の中で何かを訴えかけようと、その輝きを放っていた。この星のどこかに、きっと母はいるのだ。

母さん……。瞬は小さく母の名を呟くと、ぎゅっと手を握りしめた。


奈美子は気づくと夜道を一人で歩いていた。ここはどこだろうか。自分はいったい誰なのだろうか。あの手紙は読むべきだったのだろうか。様々な感情が心の中を突風のように駆け抜けていく。実の両親は交通事故で死んだと聞かされていたが、本当は生きていたのだ。さらに父は〝アカルデミノ〟というおかしな細胞を使って何かを企んでいるらしい。

奈美子は、乾いた笑い声を漏らした。声を出していないと、頭がおかしくなりそうだ。

ふいに、鞄の中に入れた携帯電話が震えているのが分かった。ディスプレイを見ると〝宮本瞬〟と表示されている。瞬は私の血の繋がった弟だったのか、と奈美子はぼんやりディスプレイを眺めた。瞬の自宅から一人出てきてしまったので、恐らく心配しているのだろう。奈美子は携帯電話を手に取ると、そっと耳に押し当てた。

「もしもし……？」

「今どこにいるんだ」

電話越しに聞く瞬の声に、奈美子の心臓は高鳴った。今後いったいどのような顔をして、瞬に会えばいいのだろうか。

「道を歩いてる」

「どこの道だよ。何か目印になるようなもの、見えるか？」

必死で自分に呼びかけようとしている瞬に、奈美子は思わず胸を締め付けられた。何も知らずにいれば、平穏に死ぬまで生きていられたのだろう。だが、こうなった以上は仕方がない。奈美子は自ら運命の荒波に乗り込もうと決めた。

「手紙読んだよ。私、瞬の父親違いのお姉ちゃんだったみたい。まさか、自分にこんな大きな弟と妹がいたなんて知らなかったよ」

奈美子はわざとおどけた調子で、瞬に事実を告げてみた。きっと瞬も、私があの手紙を読んだことを気づいているだろう。

「ああ。さっき佐伯さんに電話した」

「そう……」

人の良さそうな丸っこい佐伯の顔が頭に浮かんだ。恐らく瞬からの電話に戸惑ったことだろう。実の娘のように私を可愛がってくれた佐伯夫婦には、今でも感謝してもしきれない。赤の他人である私を、大学にまで進学させてくれたのだ。

「何か言ってた？」

「奈美子は元気なのか？　って……」

奈美子は夜空に輝く満月を見て、笑顔を作った。そうだ。どんな時でも元気に笑っていないと……。そう思えば思うほど、心とは反対に大粒の涙が頬を伝った。

「そっか。心配かけちゃったな」

「今どこにいる？　迎えに行くよ」

「私のことは大丈夫だから、瞬は一人で東京に帰って」

瞬が言葉を言い終わらないうちに、奈美子は一方的に携帯の電源を落とした。これ以上弟を危険なことに巻き込むわけにはいかない。奈美子はポケットから戸隠の写真を取り出して眺めた。アルバムの最後のページに貼り付けてあった写真であったが、一目見てこの男が自分の父親だと理解した。母は利用されたと知りながらもこの男のことを心の底から愛していたのだろう。

残酷な運命が自分を招き入れようとしている。奈美子は強張った表情で、目の前に広がる暗い夜道を見つめた。

瞬は白馬駅の前で、大きなため息をついた。何度電話をかけ直してみても、電源が入っていない旨のアナウンスが流れ続けるだけで、奈美子が電話に出る気配は感じられない。いったいどこで何をしているのだろうか……。

瞬が不安を感じ始めた時、携帯電話が鳴った。

「もしもし？　奈美子か？」

「え？　瞬くん、もしかして女と一緒にいるわけ？」

「……高か」

「そんな言い方ないでしょー！」

「はいはい、それで何の用だ？」

「瞬くんって今長野にいるんだよね？」

「そうだけど。何か用か？」

「じゃあ、僕たちもそっちに向かうから、そこにいて」

「僕たち……って、マンションにいたメンバーか？」

「そうだよ。武蔵から連絡があったんだ。白馬村に集まれって」

「武蔵から？　なんで白馬村に？」

「さぁね。武蔵のことだから何か考えがあるんじゃないかな？」

瞬は高の言葉に首を傾げた。考えとはいったい何だろうか。冷たい夜風がサッと背中を切り付けたと同時に、脳内にピリッとした微かな痛みが走った。

「瞬くん？　聞こえてる？」

「ああ。悪い」

「大丈夫？　なんか声が暗いけど」

瞬は頭を小さく振って違和感の正体を振り払おうとしたが、得も言われぬ不安は身体中を駆け巡る。

「武蔵とはどうやって連絡を取っているんだ？」

「武蔵は超感覚的知覚能力を持っているから、僕に念話を送れるのさ」

「念話？」

思いもかけぬ言葉に、瞬は一瞬耳を疑った。

「念話はテレパシーの一種だよ。言葉を使わずに、遠く離れている相手に思いを伝えることができるんだ」

「すごいな。そんなことが可能なのか」

「武蔵は戦闘も得意だけど、感覚能力にも優れているからね。さすが甲賀忍者の末裔だけあって、僕たちとは元が違うよ」

「忍者の末裔？　誰が？」

思いもよらない情報に、瞬は思わず声を上げた。

「瞬くん、知らなかったっけ？　戸隠も武蔵も甲賀忍者の末裔だからこそ、忍術といわれる武術、情報収集術、薬学、遊芸、兵法、呪術に長けてるんだよ」

「そうだったのか……」

過去を思い返してみれば、確かに戸隠と武蔵の持つ身体能力の高さは常人とは一線を画していた気がする。最初に会った時から武蔵には心を読まれているような錯覚を覚えたが、実際手に取るように分かっていたのだろう。

「高にも念話の能力があるのか？」

「ううん。受信するだけなら誰にでもできるよ」

「へぇ、そういうものなのか……」

「じゃ、また着いたら連絡するから」

高からの電話が切れると、瞬は一抹の不安を覚えた。この胸騒ぎは何だろうか。胸の奥から突き上げてくるような黒い感情に、身体の内側が侵食されてゆくのを感じる。

瞬は近くのビジネスホテルを予約し、今日は一旦そこで寝泊まりすることに決めた。嵐のような一日が怒涛のごとく過ぎ去り、身体中に重い倦怠感が圧し掛かってくる。今日だけは何も考えずにただただ眠りたい。だが、それすらも無理な願いであることは瞬自身が誰よりもよく分かっていた。

第四章

武蔵はコンクリートの匂いのする部屋で目を覚ました。部屋は暗く、一切の光が遮断されている。身体は椅子に縛りつけられ、身動き一つできそうにない。

武蔵はすぐにこの部屋が尋問部屋だと気づき、一切の抵抗を諦めた。全身の気だるさに加え、靄がかかったかのように頭がぼうっとする。恐らく自分は筋弛緩剤を投与されたのだろう。これでは能力を使うことはおろか、満足に身体を動かすこともできない。尋問側として何度かこの部屋を利用したことはあったが、尋問される側としてこの部屋に入るのは初めてだった。

足音が遠くから聞こえてくる。武蔵は、じっと感覚を研ぎ澄ました。今この状況が絶望的であることは間違いないが、まだ望みを捨ててはいけない。

扉が開き、細い光と共に何者かのシルエットが部屋へと潜り込んできた。目を細めて見るものの、それがいったい誰かまでは分からない。

「誰だ？」

武蔵が言葉を発した瞬間、突き刺すほどの強い光が部屋全体に点き、武蔵は絶叫した。目が焼けるように痛い。目の中に巨大なダイアモンドを無理矢理入れられたような、えぐられるような痛みと閃光が交互に襲ってくる。

「どうだ。俺の顔がよく見えるか？」

聞き覚えのある声に、武蔵は驚愕した。声の主はSNP研究所のナンバー2と言われている張平《チャンピン》に間違いない。張は催眠を得意とする能力者であると同時に、その残忍な性格から組織内でも恐れられる存在であった。他の能力者であればこの場をやり過ごすことも可能であったかもしれないが、張相手では一筋縄ではいかないだろう。

「なぜここにいる……。お前は戸隠と一緒に中国にいるはずじゃ……」

武蔵は目を瞑ったままの状態で、張に問いかけた。少しでも目を開けようものなら、失明することは間違いない。

張は意地悪そうな調子で乾いた笑い声を上げながら、武蔵の傍へと近づいてきた。

「裏切り者を処刑しに、わざわざ中国から来た。ありがたく思え」

「俺は何もしていない！」

「しらじらしい言い訳などするな」

張は小バカにしたように鼻を鳴らすと、武蔵の頬を思い切り叩いた。脳に衝撃が走る。武蔵は激痛に耐えようと、必死に奥歯を噛みしめた。

「……言い訳などしていない。本当だ」

「俺は武蔵のことを有能な人材だと思っていた。実に惜しいよ」

そう言うと、再び容赦ない張り手が飛んできた。口の中に血の味が広がってゆく。痛みで気が遠くなりかけた時、ふと光の照度が弱まった。

「気を失われたらつまらないからな。ほら、目を開けろ」

武蔵がゆっくりと目を開けると、台の上に並べられた拷問器具が目に飛び込んできた。予想はしていたが、いざ目の前に並べられた器具を見ると、思わず背筋が冷たくなる。

「楽しいおもちゃをたくさん用意したけど、こんなもので満足してくれるかな？」

張は残忍な目を爛々と光らせながら、武蔵を覗き込んだ。青白いスキンヘッドの頭には、肉の盛り上がった傷跡が生々しく鯰のように這っている。

武蔵は張から目を逸らすことなく、強張った笑みを浮かべた。

「ああ、満足しすぎるくらいだよ」

「減らず口を叩いていられるのもあと少しだ」

張は先の尖ったアイスピックのような物を右手で掴むと、それを武蔵の頬に近づけた。プツッという小さな音が耳元で爆ぜた瞬間、頬に錐で穴を開けられるかのような痛みが走る。武蔵は上体を激しく揺らすと、声にならない叫び声を上げた。

「痛いか？　でもな、お前に裏切られた戸隠の心の傷はもっともっと痛いんだよ」

追い詰めた獲物をなぶり殺すことが楽しくてならないように、張は左手で小型の鋸を持つと、武蔵の頬にそれを押し当てた。稲妻が走ったような激痛に、声を上げることすらできない。武蔵の身体からは滝のような汗が滴り落ちてきた。

「俺は、武蔵のことが好きだったよ」

「……それはどうも」

「だからね、こういうこと、本当はしたくないのさ」

どの口が言うか、と思ったが、今は何とかして時間稼ぎをする必要がある。武蔵は血で染まった顔を張に向けると、床に唾を吐いた。

「証拠はあるのか？」

「証拠？　そんなものは関係ない。戸隠がお前は黒だと言えば、たとえ白でも黒に変わる」

「しょせん戸隠の言いなりか」

武蔵が苦痛に顔を歪めながら笑うと、張の眉根がピクリと上がった。

「言いなりではない。俺は俺の意志で戸隠に従っている」

「……世間ではそれを服従と言う」

張は何かを考えるように腕を組むと、ふっと口角を上げて笑った。

「俺を挑発してどうしたい？　自分を逃がしてくれるとでも思っているのか？」

「そんなことは考えていない」

「相変わらずの冷静さだな。その落ち着いた態度、イライラする」

張は苛立った様子で部屋を歩き出した。

「戸隠は俺のことを何と言っているんだ？」

「武蔵が面倒を見ていた被験者7名が施設から脱走している。それも特Aの被験者だ」

「俺は関わってはいない。特Aの被験者だからこそ、自ら施設を抜け出すことができたんじゃないのか？」

武蔵の言葉に、張はなるほどといった表情を浮かべた。

「まぁ……確かに武蔵の言うことも一理ある」

そう言うと、張は何か閃いたかのように手を叩き、幼い子供のような無邪気な笑顔を武蔵に向けた。

「そうか！　じゃあ武蔵が殺せばいい」

「俺が？」

「ああ。その方がよりドラマチックだし、殺される方も喜ぶだろう」

張の言葉に武蔵はしまった、という表情を浮かべた。流れが間違った方向に進みつつある。

「どうだ、嬉しいだろ？」

張が武蔵の顔に両手を翳し、大きく息を吐いた瞬間、武蔵は自分の意識が遠のいていくのを感じた。このままだと張の催眠によって自らの身体が乗っ取られてしまう。意識を集中させようとするものの、身体に力が入らない。何とか時間を稼いで張の気を逸らさなくては。

「いいことを教えてやる……」

武蔵は残っていた力を絞り出し、消え入りそうな声で囁いた。

「命乞いか？」

「死ぬのは怖くない」

「ほう。そうか、それは良かった。で、何が言いたい？」

張は眉根をピクリと上げ、興味深そうな視線を武蔵へと送った。

「お前が崇拝する戸隠の秘密だよ」

「俺がお前の言うことを信じるとでも思っているのか？」

張は歪んだ笑みを浮かべたまま、武蔵を睨み付けた。

「ああ、信じるよ」

武蔵が腕で右目の下をこすると、赤い星型の痣が浮かび上がってきた。いちかばちかの賭けだ、と武蔵は自分に言い聞かせた。

「この痣に見覚えがあるだろう？」

張は目を見開き、武蔵の顔を凝視している。

「なぜその痣が……」

「戸隠は俺の兄貴だからな」

その瞬間、張の顔に衝撃が走ったのを武蔵は見逃さなかった。張は冷や水を浴びせられたかのように、目をしばたたかせている。

「嘘だ……」

「本当だ。俺の血の中には戸隠の血も入っている」

張は最初引きつった笑いを浮かべていたが、急に火のついたように腹を抱えて笑い出した。

「それは傑作だよ！　まさに傑作！」

「張、お願いだ。俺を解放してくれ」

「ちょっと待っていろ」

張は下を向き、笑いを押し殺したように数秒間押し黙った。次に張が顔を上げた時、その顔には別人のように冷酷な表情が張り付いていた。

「何を言うかと思えば、そんなくだらないことをペラペラと……」

明らかに先ほどとは声のトーンもしゃべり方も異なっている。この話し方は間違いなく兄の戸隠だ。恐らく張の意識下に戸隠が入り込んできたのだろう。

「兄貴か？」

「弟だからって甘く見ていた私がバカでしたよ」

戸隠の言葉に、武蔵の身体がピクリと反応した。

「知っていたのか……？」

「ええ。あなたが影でコソコソしていたのは気づいていましたが、まさか実の兄である私を殺そうとしていたとは……」

「殺そうとなんてしていない！　俺はただ……」

「言い訳は結構です！」

戸隠はピシャリと武蔵の言葉を遮った。言葉の端々からは激しい憎しみが伝わってくる。

「違う。俺の話を聞いてくれ！」

「私はあなたを弟とは認めません。影でコソコソと裏切り行為を画策し、いったい何がしたいのですか？　私の邪魔をすることがそんなに楽しいのですか？」

「何回も言ったじゃないか！　兄貴のしようとしていることは間違ってるって。でも兄貴は俺の言うことには一切耳を傾けてくれなかった」

戸隠は両手を武蔵の前に翳した。その目は怒りに燃えている。

「もうその話は聞き飽きました。裏切り者として、あなたはあなたの役目を果たしてください」

突如、ハンマーで頭を殴られたような衝撃と共に、意識が巨大な波にさらわれてゆくのを感じた。武蔵は薄れゆく意識の中、兄の幸せを願った。兄のために自分ができることはいったい何であったのだろうか。間違った道に進もうとしている兄を止めることもできず、結果として裏切る形となってしまった自分自身を、武蔵は責めた。

母さん、父さん……。心の中で亡き両親に語りかけた瞬間、シャッターが下りるかのように意識がプッツリと遮断され、武蔵は暗い闇の中へと落ちていった。

瞬はペンション風のホテルにチェックインした後、部屋のベッドの上で大の字になっていた。澄んだ朝の空気がカーテンを揺らしている。窓に目を向けるとすでに朝日が昇り始めている。やはり結局一睡もできずに夜を明かしてしまった。身体が鉛をくくりつけられたように重く、頭がうまく働かない。傍にあった携帯電話の着信履歴を確認したが、やはり奈美子からの連絡はなかった。

ゆっくりと上体を起こしかけた時、部屋のチャイムの音と共にドアが開き、高の陽気な声が部屋に響き渡った。

「瞬くん、ちゃんと寝れたー？」

高の後ろから、ブルーノ、メイ、キムそして悟司が入ってきた。エマの姿は見当たらない。

「エマはいないのか？」

「下でコーヒー飲んでるよ」

「……相変わらず自由だな」

瞬は小さくため息をついた。本当につかめない女だ。

「それより顔色悪いけど大丈夫？」

「ああ……。まぁ、何とか」

瞬は曖昧に頷いた。言うべきか迷っていたが、やはり高たちには実家で知り得た情報を伝える必要がある。

瞬は奈美子が戸隠の娘であり自分の異父姉であったことを簡潔に告げた。いつもヘラヘラしている高も、今回ばかりは真剣な表情で瞬の話に耳を向けている。

瞬が一通りの説明を終えると、高が口を開いた。

「偶然にしてはできすぎているように思えるけど……」

「俺もそれは考えていた」

「奈美子ちゃんが黒幕ってことはないの？　何か仕組んでいるとかさ」

瞬は心の中でその可能性も考えたが、それはすぐに打ち消された。

「奈美子は何も知らないと思う」

「それは瞬くんの願望でしょ？」

高が鋭い視線を瞬に向けた。瞬は記憶を辿って奈美子の顔を脳裏に思い描いてみたが、その笑顔に邪念は何一つ見つからない。願望でもいい。自分は奈美子を信じたいと瞬は思った。

「あいつはそんな女じゃないよ」

「じゃあなんで失踪しているの？」

「それは……」

瞬は言葉に詰まった。確かに奈美子はなぜ俺の前から姿を消してしまったのだろうか。もしかしたらあの手紙以外にも、何か他の手がかりがあったのかもしれない。もう一度自宅へ戻るべきだろうか、と瞬が考えあぐねていると、悟司がおもむろに口を開いた。

「奈美子さんは戸隠のこと知っているよ。それに、僕たちの能力を遥かに凌駕した力を持っている。本人はまだ気づいていないみたいだけど、瞬さんと接したことでその力が強まっていることは間違いないよ」

瞬は悟司の言葉に頷いた。本人も薄々感じていた通り、奈美子の持つ力は俺と出会ってから飛躍的に伸びている。ただ、あの手紙を読まれたことは想定外だった。

「奈美子は戸隠のことをどこまで知っているんだろう？」

「写真を持っていったからね。顔も分かるんじゃないかな？」

「写真？　そんなものどこに……」

「政子さんは戸隠の写真もアルバムの中に挟んでいたみたい」

母が戸隠の写真を所持していたという事実に瞬はショックを受けた。いったい戸隠という男は母にとってどのような存在であったのだろうか。もしかしたら母の心の中には戸隠への断ち切れない愛憎が渦巻いていたのかもしれない。

「何か嫌な予感がするな」

今まで差し込んでいた太陽の光がすっと消えたと同時に、遠くから雷鳴が聞こえてきた。窓の外では先ほどの綺麗な朝焼けから一転し、濃厚な灰色の雨雲が迫りつつある。

瞬は高の方へ向き直ると、武蔵からの連絡の有無を尋ねた。元はと言えば、ここに集まったのも武蔵に呼び寄せられたからだ。奈美子の行方も気になるが、今は杏を救い出すことが先決だ。組織がこのまま集団催眠を実施すれば、間違いなく世界の秩序が崩れることになる。それだけは何としてでも阻止しなくてはいけなかった。

高は意識を集中させ、武蔵からのメッセージを受信しようとしているが、どうやらなかなかうまくいかないようだ。高の眉間には深い皺がくっきりと刻まれている。

「ダメか？」

「うーん。なんかいつもと違うな」

「何が違うんだ？」

「メッセージ自体は受信できたよ。12時に唐松岳の山頂に来いって」

「唐松岳？　今から登るのか？」

「そうみたいだね」

「なんで唐松岳なんかに……」

「いつもの武蔵なら、こんなメッセージの送り方をしないんだけどなぁ」

高は独り言のように呟きながら、首を傾げている。

窓がギシギシと音を立てて軋み、激しい雨が打ち付けてきた。この雨の中、山頂まで登るのは至難の業だろう。傘を差すことすら難しいほどだ。

「本当にこの天気の中、唐松岳まで行くのか？」

「武蔵が全員で来いって言っているからね。行くしかないよ」

高は諦めたように手を上げている。瞬はその場にいる全員を見渡したが、皆不満ながらも高に賛成している様子だった。

「登るとしても、この天気じゃゴンドラもリフトも動いてない。今からじゃ到底12時には間に合わない」

「それは大丈夫だよ。なんせブルーノがいるから、ゴンドラもリフトも動かせる」

高がブルーノに声をかけると、ブルーノは小さく頷いた。

「任せろ」

ベッド脇に置いてあるデジタル時計は7時50分を表示している。確かに高の言うように、ゴンドラとリフトが動かせるのであれば間に合うかもしれない。このままここにいるよりも何かしら行動を起こした方がいいだろう。

瞬は荷物をまとめると、Tシャツの上に薄手のレインパーカーを羽織った。軽装だが、仕方がない。

「よし、行くか」

準備の整った瞬たちが部屋を出ようとした時、部屋のドアが開き、エマが入ってきた。

「あら、今から出発？　気を付けてね」

ピンヒールにミニスカート姿のエマは、手をひらひらと振りながら立っている。白馬村に似ても似つかない格好に、瞬は思わず笑いが込み上げてきた。

「何だよ、その格好。俺たちと行動するつもりないだろ？」

「ええ。私、山とか嫌いだから」

エマはぷいっとそっぽを向いた。キムは納得のいかない表情でエマを睨み付けている。

「本当この女のせいで調子が狂うから！」

「だったらあなたも私のようにすればいいじゃないの？」

「あんたやる気あんの？　ないなら一人で行動しなさいよ！　あんたがいなくたって、組織の暴走を止めることはできるから！」

「私は組織なんてどうでもいいし、この世界がどうなったって構わない」

エマの投げやりな口調に、その場の空気が凍り付いた。

エマは楽しそうにその場をくるりと見渡すと、妖艶な笑みを浮かべた。

瞬は呆気に取られた顔でエマを見た。

「……じゃあ、なんでここにいるんだよ」

「武蔵のために決まっているじゃない」

エマは綺麗にセットされた髪の毛先をくるくると手でいじりながら、冗談っぽい口調で言った。

瞬はエマが何を言っているのか分からず、唖然とした表情を浮かべた。

「それは冗談で言っているのか？」

「冗談なんかじゃないわよ。私はいつだって本気だから」

瞬とエマの険悪な雰囲気を察し、高が間に割って入ってきた。

「まぁまぁ2人とも落ち着いて、ねっ？　エマはここにいていいから、僕たちはもう出発しようよ」

「そうよ、早くいってらっしゃい」

エマに何を言っても無駄だろう。瞬は大きなため息をつくと、重い足取りで部屋を出た。


瞬たち一行が外に出た途端、横殴りの雨が瞬の頬を打ち付けた。遠くで聞こえる雷鳴が、先ほどよりも近づいている気がする。自分一人であれば能力を使って移動することも可能であったが、このメンバーで行動している今、目立った行動は避けなくてはならない。

瞬たちは駅前から出ている白馬八方行きのバスに乗り込むと、各々無言で席についた。乗客は自分たち以外ほとんどおらず、車内はがら空きだ。

ふと前の座席でMacbookを広げているブルーノの姿が目に入った。瞬が後ろからパソコンの画面を覗き込むと、何やら文字の羅列が並んでいる。

「何してるんだ？」

瞬の声に、ブルーノは驚いて振り向いた。

「……これのことか？」

ブルーノがパソコンの画面を指さしたので、瞬は頷いた。

「アセンブリ言語を使ってウイルスを作成している」

「ウイルス？　そんなもん作ってどうするんだ？」

「趣味みたいなものだ。プログラムを書くのが好きだから」

「実際にばら撒いたりしないのか？」

「そんなことはしないよ。作るだけさ」

ブルーノはそう言うと、また黙々と作業に戻った。

理系ではない自分にはウイルス作成の何が楽しいのかさっぱり理解できないが、真剣な眼差しで作業に没頭しているブルーノにとってはきっと楽しい趣味なのだろう。

瞬は視線を戻そうとして、ふと尋ねた。

「なぁ、そのウイルスは個人情報とかを盗むことはできるのか？」

「そんなものは朝飯前さ」

ブルーノはそれがどうした、といった表情で瞬を見つめている。

「じゃあ、組織のデータベースにウイルスを送り込むことは？」

「……できるけど」

瞬はブルーノに礼を言い、姿勢を居直した。

向こうには俺たちの情報が知れ渡っているが、こちら側は組織に関して知らないことが多すぎる。情報量でも圧倒的に不利である今、ブルーノの作成したウイルスを使って組織のデータを盗み出すことができれば、何か勝機に繋がる情報が得られるかもしれない。

瞬が考えを巡らせていると、バスは白馬八方のバスターミナルに到着した。どしゃぶりの雨が降りしきる中バスから降りると、雲とも霧とも判別のつかない白い気体が辺り一面を包み込んでいる。高は目の前のガスを手で払いながら、文句を言った。

「こんなにガスが充満していたら何も見えないよ」

瞬も学生時代に何度か北アルプスに登ったことがあったが、このような悪天候の中で登るのは初めてだ。雨に濡れたレインパーカーが全身にべたりと張り付き、不快感を助長させている。

瞬たち一行は、バスターミナルから八方ゴンドラリフトアダム八方駅に向かって歩き出した。

「強風になってきたね……」

悟司が不安そうに呟くと、北アルプス山脈は神の逆鱗に触れたかのように激しい雷鳴を轟かせた。地の底から響くような轟音を前に、思わず身体が強張ってゆく。

「なぁ、本当に今日じゃなきゃダメなのか？」

瞬の問いかけに、高は不満気に頷いた。

「何回も同じこと聞かないでよ！　僕だってこんな天気の日に、山なんて登りたくないんだから」

高に諭されて、瞬は押し黙った。目の前にそびえ立つ山々は、自分たちの進入を拒むかのようにその存在感を浮き立たせている。嫌な予感がする。瞬の心の中には隙間風のように不穏な感情が流れ込んできた。

ようやくゴンドラ乗り場に到着すると、目の前には〝台風のため運休中〟との看板が掲げられており、ゴンドラは完全に停止している。やはり台風が近づきつつあるようだ。

瞬がブルーノの方へと視線を向けると、ブルーノは無人の運転室へと一人入っていった。

「どうするんだ？」

瞬は高に尋ねた。

「まぁ見ててよ。すぐに動くから」

自信あり気な様子で、高は鼻歌を歌っている。こんな状況下で、常に陽気に振る舞える高の精神状態が心底うらやましい。瞬は恨めしそうな眼差しを高に向けながら、ブルーノが作業を終えるのを待った。

ブルーノが運転室に入って数分が経過した後、モーターの鈍い音と共にゴンドラが動き始めた。無人のゴンドラはギイギイと音を立てながら、目の前にそびえ立つ山に次々と吸い込まれてゆく。

瞬はこのゴンドラに乗ったら最後、二度と帰ってくることができないのではないかという恐怖心に襲われたが、それを口に出すことはなかった。


ブルーノが運転室から戻ってくると、瞬たちは急いで6人乗りのゴンドラに乗り込んだ。強い風に揺られる度にゴンドラが左右に大きく揺れる。眼下には、白と紫のコントラストを鮮やかに映し出したイワシモツケやクガイソウが雨に濡れて縮こまっているのが見てとれた。このような天候でなかったら、山の息吹を彩る美しい景色を楽しむことができたのだろう。

ゴンドラが標高1400mに位置する兎平駅に到着すると、そこからさらにリフトを乗り継ぎ、瞬たちは八方池山荘登山口へと向かった。

瞬の隣では、メイが真っ青な顔で歯をカチカチと震わせながら寒さに身を縮めている。恐らく急激な気温の変化に身体がついていかないのだろう。瞬は着ていたレインパーカーを脱ぐと、メイの肩にかけた。1枚服を脱いだだけで、凍てつくような寒さを感じたが、隣で身を震わせている女性を放っておくことはできない。

メイは驚いた様子でパーカーを手に取ると、それを瞬に突き返した。

「いい。平気。あなた寒い」

瞬は微笑んで、受け取るのを拒否する仕草をした。こう見えても寒さに関してはメイよりも耐久性があると自負している。

「俺は平気だよ」

瞬の強い言葉に、メイは戸惑いながらパーカーを受け取り、それを羽織った。メイの震えが収まったのを見て、瞬はほっとした。山に登るのであればメンバー全員にもう少しきちんとした装備をさせる必要があったが、後悔しても仕方ない。今は与えられた装備で現状を乗り切るしか道はないのだ。

リフトが八方池山荘登山口に到着すると、瞬たちは急いでリフトから飛び降りた。

八方尾根からは白馬三山の雄大なシルエットだけが不気味に浮かび上がっている。

「ここから先はどうするの？」

高は期待を込めた目を瞬に向けた。武蔵に唐松岳の山頂に来いと言われたものの、その行き方までは分からないらしい。

瞬は目の前に見える緩やかな木の階段を指さした。

「今からここを道なりに進んでゆく。歩きやすい場所だけど、足元には注意するように」

瞬はその場にいる皆に目配せをし、歩き出した。自分がしっかりとリードしなければ、ここにいる者たちを危険にさらしかねない。視界は半径1m以内しか見えず、ほぼ霧の中を手探りで進まなければならない状況であり、周囲には〝遭難の危険〟について書かれた看板が立てられている。悪天候の際は遭難者も多い場所なのだろう。

一同が黙々と歩いていると、急にメイが大声を発した。

「山が地面から伸びている！」

瞬がメイの指さす先に目を向けると、霧の中に浮かび上がった八方池が、鏡のような水面に白馬三山を神秘的に映し出していた。上下対称に映し出された山々はこの世のものとは思えないほどの絶景だ。頭上では神の怒号を連想させるほどの凄まじい稲妻が走り、周囲に激しい光を放っている。瞬の頭の中に、天地創造という言葉が過った。他のメンバーたちも未だかつて見たことのない光景に、深いため息をついている。それほど目の前に広がる光景は壮観であり、畏敬の念を抱かせるには十分なものであった。

大自然が織りなす光景をいつまでも目に焼き付けておきたかったが、瞬たちは八方池から先を急ぐことに決めた。


瞬たち一行がダケカンバの樹林帯を抜けると、一気に視界が開けた場所に出た。目の前に咲き乱れるチングルマの白い花は、雨に打たれ、何かに祈りを捧げるかのように頭を垂れている。晴れていたらさぞ美しい光景だったろう、と少々残念に思いながら山の緩斜面に視線を移すと、そこには〝落石注意〟の看板と共に落石防止用のネットが張られていた。

「やばいな……」

瞬は小声で呟き、空を見上げた。大粒の雨が全身を打ち付けてくる。この雨によって地盤が緩んでいる可能性は非常に高い。

瞬の動揺を見透かしたように、高が瞬の肩を叩いた。

「そんなに心配しなくても大丈夫だよ！　僕たちは普通の人間と違うんだし」

「そうかもしれないけど、注意しておくに越したことはない」

瞬は自分自身を律するかのような強い口調で言った。山は油断した者に牙をむくことが往々にしてあるのだ。それは山に住む者の口癖でもあった。

その時、瞬の隣でぐうっと腹の鳴る音が聞こえてきた。辺りを見渡すと、悟司が照れ臭そうな様子で俯いている。

「お腹すいた？」

「うん……。朝から何も食べてなくて」

悟司は申し訳なさそうな様子でお腹をさすっている。確かに自分も含め、恐らくここにいる面々も朝から何も食べていないのだろう。瞬も意識したと途端、耐えがたいほどの空腹に襲われた。

「もう八方ケルンが見えているから、山荘まであと少しだよ。もしかしたら何か食べ物があるかもしれない」

恐らくあと少しで唐松岳頂上山荘に到着するだろう。そこで暖と食事をとることができれば体力を回復させることもできるはずだ。

「……ちなみにケルンってあれ？」

悟司が指さした方向には、円錐状に積み上げられた石がそびえ立っている。

「ああ、そうだよ。ケルンは登山者が遭難しないように建てられた石の目印だ」

「なんか墓石みたい……」

悟司の言葉に、瞬はドキリとした。確かにそう言われてみれば、積み上げられた石は、賽の河原に積み上げられた小石の塔を彷彿とさせる。

「僕、あそこに近づきたくない……」

「無茶言うな。あそこを通らないと唐松岳には行けないんだから」

瞬は不服そうな様子の悟司を促すと、再び歩き始めた。他のメンバーたちも何かを感じ取ったのか、皆黙々と無言で歩いている。

八方ケルンを通り過ぎようとした時、ふいにキムが声を上げた。

「ねぇ見て！　あそこになんか光るものない？」

キムが指さした先には確かにキラリとした光るものが落ちている。ケルンでは写真や手紙、数珠などがよく落ちていると聞いていたが、そういったものの類なのだろうか。

瞬は光るものの正体を見極めようと対象物へと近づいていき、〝それ〟を拾いあげた。

「ねぇねぇ！　何だった？」

キムは瞬の手に握られた〝それ〟を覗き込んだ。

「なんだー。ネックレスかぁ。しかも安そう……」

瞬の手元にはところどころ錆びついた、金のネックレスが握られている。ネックレスのトップに付けられた十字架のチャームはかなり年季が入っており、古いものであることは一目瞭然であった。瞬はそれを見つめながら、身を強張らせている。

「ねぇ……。急にどうしたの？」

瞬はデスマスクのように生気の抜け落ちた顔を、キムの方へ向けた。

「母さんのネックレスだ……」

瞬はそう言って、ネックレスのチェーンの一部分をキムに見せた。そこには〝For Masako〟という文字が刻印されている。

瞬は他にも母の遺留品がないかどうか辺りを見渡したが、落ちているのはネックレスだけのようだ。瞬は自分の頭が混乱するのを感じた。まさか唐松岳に母がいるとでも言うのか。そんなことはあり得ないと思いつつも、万が一の可能性を捨てきることはできない。

わずかな期待を込めてネックレスを拾おうとチェーンに指をかけた瞬間、急に瞬の脳裏に武蔵の顔が浮かび上がり、それは大量の血しぶきと共に粉々に砕け散った。

「うあああああああ」

思わず叫び声を上げた瞬に、高が駆け寄った。

「どうしたの？」

「武蔵の顔が……バラバラになった……」

「どういうこと？」

「俺もよく分からないけど、このネックレスから武蔵の思念のようなものを感じたんだ」

瞬は手元のネックレスを力強く握りしめたが、バラバラに砕け散った思念が再び瞬に語りかけることはなさそうだ。瞬は諦めてネックレスをポケットにしまった。

「ねぇ……。それって、武蔵が僕たちに何かを伝えようとしているってことなのかな？」

瞬は高の質問に曖昧に頷いた。恐らく武蔵が自分たちに何かを伝えようとしていることは間違いないが、良いニュースではないのだろう。武蔵の身に何も起こっていなければいいが……。瞬は武蔵の身を案じた。

八方ケルンを過ぎれば、唐松岳の山頂にはあと30分ほどで着くはずだ。腕時計を見ると、時間は11時半を過ぎている。武蔵の指定した12時には何とか間に合いそうだったが、全員の足取りは当初と比べると確実に重くなっていた。肉体的な疲労に加え、酸素濃度の低下により呼吸器官にも負担がかかっているのだろう。特殊能力を扱うことができても、しょせん人間の身体だ。無茶をすればガタが来ることは避けられない。

「少し休むか？」

瞬はその場にいるメンバーに問いかけたが、皆、首を横に振った。今は休むべき時ではないと、全員が感じているのだろう。

瞬たちは再び、雷鳴の轟く山頂へと歩き始めた。


しばらく道を進むと岩壁に架けられた古い橋が見えた。今にも崩れてきそうな山肌からは小さな石がパラパラと落石している。

瞬が片足を橋の上に乗せ、試し踏みをしてみると、橋はギイギイと嫌な音を立てて大きく軋んだ。かなり年季の入った橋は、今回の台風でさらなるダメージを受けていそうだ。

橋から下を見下ろすと、奈落の底のように深く暗い谷底が、瞬を待ち構えているかのようにその口を大きく開けている。足場を崩したら最後、地を割いたような谷底に真っ逆さまに飲み込まれてしまうだろう。

谷底から巻き上がってくる強風を避けるかのように、瞬はよろめきながら高の肩に掴まった。

「ちょっと、瞬くん大丈夫？」

「ああ……。ごめん。ちょっとフラッとして……」

「まさか高所恐怖症だったりしないよね？」

高の言葉に、瞬はギクリとした。高所恐怖症とまではいかないが、切り立った断崖からの景色は到底好きになれそうにない。

「高所恐怖症じゃなくても、こんな橋渡るのは誰だって嫌だろ……」

「えー！　こういうスリリングな場所、僕は大好きだけどね」

高は楽しそうに橋の上へと行くと、身体全体で橋を揺らした。

「おい、やめろよ！」

「大丈夫だって」

ミシミシと揺れている橋を見て、瞬は次第にイライラしてきた。

「やめろって言ってるだろ！」

瞬は思わず大きな声で高を怒鳴った。その声と同時にピタリと風が止み、雨脚も弱まった。高は不機嫌そうな様子で瞬を睨み付けている。

「その冗談が通じないところ、本当ムカつく」

「ムカつくのはこっちだよ！　遊んでいる場合じゃないんだぞ」

「遊んでないよ！　皆の雰囲気を和やかにさせようとしただけじゃん」

瞬は反論しようと口を開きかけたが、今は仲間割れをしている場合ではない。雨脚が弱まっている今こそ、橋を渡るチャンスなのだ。

「分かったよ。さっさと皆で渡るぞ」

瞬は怒気を含んだ低い声でそう言うと、黙々と橋を渡り始めた。後ろからは、ブツブツ文句を言っている高に続き、悟司、メイ、ブルーノ、キムが歩いていたが、橋の半分まで渡ったところで、突然高が声を上げた。瞳の色はグレーへと変わっている。

「やばっ！　この橋、あと3分で崩れる！」

「3分!?」

瞬は咄嗟に前後を見た。半分まで渡り終わっている状況では、3分以内に引き返すことも渡り切ることも難しいだろう。

「どういうことだよ？」

「上から岩が落ちてくるの！」

瞬が上を見上げると、岩壁に浮き出た巨大な岩塊が今にもバランスを崩しそうな状態でぐらぐらと揺れている。今日の大雨でこの付近一帯の地盤が緩んでいるのだろう。高は手で算盤をはじくような動作をした後、大声で叫んだ。

「ブルーノ、キム！　時速８㎞以上で走って戻れる？」

「高たちは？」

「僕たちのことはいいから！　早く！」

２人は高の言葉に頷くと、方向転換をして駆け足で走り出した。

「俺たちは？」

瞬の問いかけに、高は項垂れた表情で首を横に振った。

「この狭い橋を時速８㎞以上で走って戻れるのは、後ろの２人が限界。僕たちは間に合わないよ」

「まじかよ……！　メイ、あの石を止めることは無理そうか？」

メイは岩壁を見上げ、顔をしかめた。

「分からない。落ちてくる石、止めたことない」

「止めないと全員死ぬぞ！」

岩塊は今にも落ちてきそうに、その重心を前後にぐらぐらと揺らしている。瞬は思考をフル回転させ、どうするべきか考えた。このままメイに俺たちの生死をすべて任せてしまって良いのだろうか。メイは不安そうな顔を瞬に向けている。

高は岩壁に手を当て、小声で何かを計算し始めた。

「えーっと……。岩の直径1・2m、重量1t、落下高さ600m、落石原因は台風による強風で斜面勾配は約30mだから……急崖斜面直下の転石時速はおよそ60km、メイの体重は52kgだから……。あー！　やっぱ無理！　メイにはこの石を受け止められない！」

「他に方法はないのか？　何でもいい！」

「うーんと……。あ！　一つだけある。ここに直径4・2m、半径2・4mの穴を開けて、そこに入ることができれば助かる」

「ここに、穴を？」

瞬は鉄壁のごとき岩壁を見上げた。

「高、落石まであとどのくらいだ？」

「63秒」

瞬はメイと悟司に目配せをした。

「分かった。今からここに穴を開ける。メイと悟司は地場を狂わせてくれ」

メイと悟司は小さく頷くと、岩壁に両手を翳した。悟司はメイの力をコピーするため、メイの右肩に手を乗せている。

「準備できたよ」

高は呆然とした表情を浮かべ、瞬を見た。

「何するつもりなの？」

「メイと悟司が地場を狂わせている間に、俺がここに穴を開ける」

「そんなこと、できっこないよ」

「俺一人じゃ無理かもしれないけど、今はメイと悟司がいる」

瞬は神経を集中させ、岩壁に手を置いた。施設に捕らえられていた時、瞬は戸隠から直々に〝開打〟と呼ばれる技を習得していた。今こそその技を実践するのだ。

瞬は手の平に意識を集中させ、目を瞑った。戸隠は気を一点に集中させることで巨大なエネルギーを生み出すことができると言っていたが、果たして今の自分はその技を使うことができるのだろうか。

「あと、32秒！」

次の瞬間、瞬は岩壁に向かって全身の気を放った。ドンッという鈍い音が聞こえたが何も変化はない。ダメだったか……。諦めかけたその時、瞬の顔にパラパラと小岩が落ちてきた。

「離れろ！」

瞬の叫び声と共に岩壁は音もなく崩れ、眼下に広がる谷底へと吸い込まれてゆく。瞬が気を放った箇所には、人が2、3人入れるほどの丸い穴が開いていた。

「やったぞ！」

瞬は思わずガッツポーズをした。

「でも、この大きさだと3人が限界かも！」

「俺は走る……。早く3人とも中に入れ！」

高は頷くと、悟司とメイを促し、穴の中へと入った。

「瞬くん、あと10秒！」

瞬は前を向くと、首元で手印を結んだ。身体の奥底からエネルギーが溢れてくるのを感じる。

走れ、走るんだ。生きるためには走り抜けるしかない。瞬はがむしゃらに足を動かした。弾丸のような雨は、容赦なく瞬の全身に打ち付ける。足を動かす度に心臓が止まるほどの衝撃と痛みに襲われ、瞬は咆哮した。それでも足を止めてはいけない。瞬はとにかく走り続けた。

背後で大砲のような音が響き渡ったと同時に、凄まじい振動が瞬の身体に伝わってきた。足を止め、後ろを振り返ると、巨大な岩塊が斜面を打ち付けながら転がり落ちている。巨大な化け物が雄叫びを上げながら地面を這い回るような姿に、瞬は思わず固まった。

岩塊は橋を粉々に粉砕しながらあっという間に谷底に落ちていき、辺りに元の静けさが戻った。何とか間に合った……。瞬は、いつの間にか自分が橋を渡り切っていたことに気づいた。あと一歩遅ければ、谷底へと真っ逆さまに飲み込まれていただろう。

「3人とも!!　無事か?」

瞬は、高とメイと悟司に向けて大声で叫んだ。

「こっちは無事だよ!」

高からの返答に瞬は安堵の表情を浮かべたが、橋が崩れ落ちてしまった今、恐らく高たちが唐松岳山頂に来ることは不可能に近い。

「高、メイ、悟司!　俺は今から一人で唐松岳に行ってくる。武蔵を連れて必ず戻ってくるから、もうちょっとそこにいてくれ」

「大丈夫だよ！　なるべく早く戻ってきてねー」

山にこだました高の声に、瞬は頷いた。後方に避難したキムとブルーノが助けを呼んでいてくれているといいのだが……。

瞬は淡い期待を抱きながら、前へと進み始めた。


尾根を渡るように山頂を目指すこと約10分。瞬が唐松岳の山頂に到着すると、目の前には白馬三山へと続くV字状に切れ込んだ岩稜帯が飛び込んできた。南へと視線を移すと大きな五竜岳。その先には雲海が広がり、北アルプスの峰を隠している。久しぶりに見る絶景に、瞬は感嘆の声を上げた。

武蔵はすでに到着しているのだろうか。瞬は辺りを見渡したが、武蔵と思われる人物はもちろんのこと、人っ子一人いそうにない。この悪天候の最中、登山を楽しむ変わり者などいないのだろう。

瞬は適当な石に腰かけ、目の前に広がる雄大な自然をしばし眺めた。五竜岳へと続く牛首の尾根は激しい雨に濡れて険しさを増している。

6人で登り始めたにもかかわらず、気づけば自分一人きりになってしまうとは予想もしていなかったが、果たしてこれは偶然なのだろうか。腕時計の針はすでに12時を過ぎている。瞬はせわしない様子で再び辺りを見渡した。

すると突然、視界の端に白いワンピース姿の女性が現れた。女性は瞬に背中を向けた状態で、雲海を見下ろしている。この台風の最中、登山装備もしておらず、その細い身体にまとわりついたワンピースをひらひらと蝶のように舞わせている女性の姿は、不気味以外の何ものでもなかった。

瞬はゆっくりと立ち上がると、女性の傍へと近づいていった。ひゅうひゅうという乾いた風の音がやけにハッキリと瞬の鼓膜を吹き付けてくる。

「おい……」

瞬が女に声をかけたと同時に、女はゆっくりと瞬に顔を向けていった。女が振り向くまでの時間はわずか数秒足らずであったが、瞬は停止したフィルムの中にいるかのような永遠の時間を味わった。瞬はその女が振り向く前から、誰だか知っていた。

「……母さん」

女はにっこりと微笑んだ。

「おかえりなさい、瞬。待っていたのよ」

「本当に……母さんなのか？　死んだんじゃないのか……？」

「早くこっちにいらっしゃい」

女は微笑みながら、瞬に手招きをしている。瞬は全身の毛が逆立つような感覚に襲われ、その場に立ちすくんだ。金縛りにあったかのように、足が一歩も動かない。

「瞬……。ねぇ、早く来て……。母さんのところへ……。私、寂しいの……」

政子の姿をした女は、操り人形のような不気味な動きをしながら瞬の元へと近づいてくる。

「……来るな」

辺りには懐かしい母の匂いに加え、血生臭い腐臭が立ち込めている。この匂いはいったい何なのだろうか。瞬は胃から込み上げる吐き気を押し戻そうと、必死に息を飲み込んだ。

女は瞬の前まで来ると、その細い手をゆっくりと瞬の首へ回した。その力は徐々に強まり、瞬の首を圧迫してゆく。瞬は何とか抵抗をしようと試みたが、身体はピクリとも動かない。

このままでは殺される、そう思った瞬間、ポケットに入れた金のネックレスの存在を思い出した。目の前の女の胸元に視線を向けると、なぜかそこにも同じ金のネックレスがかけられている。どうして同じものが２つも存在するのだ……。瞬は遠のく意識の中、必死に目を凝らして〝For Masako〟の文字を探したが、女の胸元で揺れているネックレスにそのような文字は刻印されていない。

偽物だ。そう思った瞬間、身体に力が戻るのを感じた。

瞬は自分の首にかけられた女の腕に手をかけると、それを力いっぱい左右にねじ曲げた。ぎゃあああっという悲鳴が辺りに響き渡り、女はその場にうずくまった。

「母さんに何をするの……」

「お前は母さんじゃない。この偽物め」

瞬はポケットから取り出したネックレスを、女の前へ投げつけた。女は不思議そうな顔をしてネックレスを見つめている。

「お前の首にかけられたネックレスには、名前の刻印がないんだよ」

女は何かを考えるように下を向くと、くっくっくと不気味な笑いを浮かべ始めた。くぐもったその声は、次第に低く野太いものへと変わってゆく。

「いやぁ、そんな細かいところまでコピーできなかったなぁ」

女は立ち上がると、突然身体を青白く発光させ始めた。女の身体が、薄い透明な膜のようなものに包まれてゆく。まるで幼虫が蛹になるかのような光景を前に、瞬の頭に〝進化〟の2文字が浮かんだ。いったい何が始まろうとしているのだろうか。瞬は瞬き一つせず、目の前の光景を見つめた。

しばらくして薄い膜が女の身体を覆ったかと思うと、パリッと乾いた音を立ててその身体が真っ二つに裂けた。

永遠とも思える一瞬が過ぎた後、女の身体から粘膜のようなもので身体を覆われた男が出てきた。男はその巨体を伸ばすと、首をポキポキと鳴らしながら瞬を見た。

見覚えのあるその顔に、瞬は愕然とした。

「……武蔵」

これは夢なのだろうか。武蔵が母の姿形をした女の中から現れ、確実に自分を殺そうとしたのだ。理解しがたい状況に、瞬は混乱した。

「なんで……？　その身体は……？」

「擬態の術だ。忍術の中では基本中の基本だよ」

武蔵は周囲を見渡すと、不服そうな顔つきになった。

「他の連中はどうした？　全員で来いと言っただろ」

「途中で橋が落ちてきて、他の5人は来れなくなった」

「死んだのか？　それなら傑作だけどな」

武蔵はこの上なく楽しそうな様子でケタケタと声を上げて笑っている。そこにいるのは、瞬が知っている武蔵ではなく、猟奇的な目を光らせた殺気立った獣のような男の姿だった。

別人のように変わり果てた武蔵を前に、瞬は立ちすくんだ。

「どうしたんだよ……。本当に武蔵なのか？」

「ああ、そうだよ」

武蔵に聞きたいことが山ほどあったが、何から尋ねていいのかさえも分からない。瞬は混乱する頭を必死に整理しようと、大きく深呼吸をした。先ほどから呼吸がしにくく、意識がかすむ。恐らく高山の頂上にいるため、身体の血中濃度が低下しているのだろう。

「なぜ俺たちをここに呼び出した？」

「ここなら下手に逃げられないからな。それにこの大自然をバックに死ねるなんて、まさに最高じゃないか！」

「……冗談はやめてくれ」

「冗談なんかじゃないさ。こんな素敵な死に場所で、母親に殺されるというシナリオまで用意してやったのに」

「最初から俺たちを殺すつもりで呼び出したのか？」

「まぁそんなところかな」

武蔵は腰に差していた刀を抜き取ると、その刃を瞬に向けた。

「この刀にお前の血を吸わせてやる」

武蔵の顔から笑みが消えたのを見て、瞬は武蔵が本気で自分を殺そうとしていることを理解した。助けを乞うたとしても無駄だろう。

瞬は肩の力をふっと抜き、武蔵を見た。たとえこの場で死ぬことになったとしても、最後に聞いておかなければならないことがある。

「なぁ……。戸隠の暴走を止めると言っていたが、それは嘘だったのか？」

瞬の言葉に、武蔵の顔色がさっと変わった。刀の柄にかけられた手は小刻みに震え、その顔には明らかに苦悶の表情が浮かんでいる。

「違う……。俺は……」

「武蔵？　どうした？」

瞬が武蔵に近寄ろうとした瞬間、シュッと空気を切る音が辺りに響き渡った。右足に視線を移すと、ズボンには真一文字に切り付けられた傷跡ができている。一瞬何が起こったか理解できなかったが、焼き鏝を当てられたかのような痛みと共に、ズボンの下から多量の血が流れ出てきた。瞬は呻き声を漏らしてその場にうずくまった。

武蔵は瞬を切り付けたことがショックだったのか、明らかに錯乱状態に陥っている。

「……殺す……やめろ……。いや、殺せ……」

「武蔵！　俺だ。何があった！」

瞬は痛みを忘れ、必死に叫んだ。本当に武蔵が自らの意志で自分たちを殺そうとしているのか、真実を知りたかった。

「お前の兄貴が世界をぶっ壊そうとしてるんだぞ！　それでいいのかよ！」

その言葉に衝撃を受けたかのように、武蔵は動きを止め、瞬を見た。その瞳は先ほどまでの狂気に満ちたものではなく、真っすぐに澄んだ瞳だった。

「……すまない」

絞り出すような声で瞬に詫びた後、武蔵は再び低く暗い声で笑い出した。

「武蔵……！　どうしたんだ？」

「まったくうるさいガキだよ。次こそはその脳天を叩き切ってやる」

武蔵は再び、刃先を瞬の目の前に突き付けた。研ぎ澄まされた刃先は瞬の目の前でギラギラとした光を放っている。武蔵が何者かによって意識をコントロールされていることは間違いなかったが、その催眠を解く方法までは分からなかった。

「じゃあな」

武蔵はそう言うと、瞬に向けて稲妻のような速さで刀を振り下ろした。瞬は残っていた力をすべて両足にかけると、横に素早く足を動かした。先ほど傷を負った場所が、波打つような痛みを伴って全身を駆け回る。このまま死ぬわけにはいかない。

次の瞬間、刀はシュッという音を立てて空を切り、地面をえぐった。瞬はおそるおそる顔に手を当ててみたが、血は出ていない。

「ほう……。避けることができるとは驚いたよ」

「武蔵の中にいる〝お前〟を殺さないといけないからな」

瞬はそう言って、武蔵を睨んだ。

「ガキのくせに生意気な」

武蔵は再び瞬に向けて刀を振り下ろした。カーンという金属音が響き渡り、武蔵の動きが止まった。その顔には驚きの色が浮かんでいる。

「……まさか」

瞬は傍に落ちていた石で刀を受け止めていた。

「次はこっちからいくよ」

瞬は石で刀を押しのけると、電光石火のような速さで武蔵へと向かっていった。自分でもこれほどまでの力がどこから湧き出てくるのか分からない。だが、今この瞬間は足の傷の痛みも、肉体的な疲労も感じない。瞬は右手をぎゅっと握りしめると、武蔵の膝に狙いを定めた。チャンスは一度きりだ。

瞬は全身の気を集中させると、武蔵の膝に拳を打ち付けた。

「くっ……」

武蔵は痛みに呻きながら、ドサッと音を立ててその場に崩れ落ちた。

「とどめを刺してやるよ」

瞬の言葉に、武蔵は愉快そうな顔で笑った。その瞳は、やれるもんならやってみろ、と瞬に訴えかけている。瞬は武蔵の上に馬乗りになると、拳を振り上げた。たとえ武蔵が催眠にかけられているとしても、今ここで武蔵を殺さなければ自分が殺されることになる、瞬は自分にそう言い聞かせたが、どうしても拳を振り下ろすことができそうにない。

「どうした？　お前が俺を殺さないと、俺はお前とお前の仲間たちを全員皆殺しにするぞ」

武蔵は瞬の気持ちを弄ぶかのように、ニヤニヤと下卑た笑みを浮かべている。

瞬は脱力した様子で腕を下ろした。自分に武蔵を殺すことなどできるはずがない。

「……できない」

「そうかそうか、お前が俺を殺せないなら、俺がお前を殺してやるよ」

武蔵は素早く上体を起こすと、瞬の身体をサンドバッグのように続けざまに殴りつけた。身体の至るところに杭が打ち込まれていくような激しい痛みに襲われ、瞬は呻いた。武蔵を殺せないと自覚してしまった瞬間、先ほどまでの力は見るも無残に砕け散り、今や壊れた人形のように武蔵の攻撃を一方的に受けているだけの状態だ。もはや瞬に反撃する気力は残されていなかった。

武蔵は瞬の胸元を掴むと、断崖絶壁の場所まで瞬の身体を引きずっていった。

「さぁ、お前を大自然の墓に埋葬してやるよ」

武蔵に腹を蹴られ、瞬の下半身は宙に投げ出された。瞬は息も絶え絶えの状態で、かろうじて岩場に掴まっている。バランスを崩せば、地球の穴のような谷底へと真っ逆さまに転落するだろう。

「早くその手を離せ」

武蔵は瞬の手を思い切り足で踏みつけた。電流のような痛みが身体を駆け巡る。このまま手を離せば、すぐに楽になれる……。と思った時、近くで蝉の鳴き声が聞こえた。たった10日しか生きることができない蝉ですら、その生を全うしようと全力で鳴いている。そう思った途端、再び瞬の身体に力が宿った。

瞬は右手で武蔵の足を掴むと、素早く上体を上げ、岩場へと身体を戻した。呆気に取られている武蔵の腕を摑むと、今度は逆に武蔵の身体を崖側へと押し倒した。

「俺は武蔵を殺したくない……。頼む」

気づけば、目からは涙が溢れ出ていた。師を殺してまで生きるべきなのか、このまま安らかな死を選ぶべきなのか、どの道を選択したとしても地獄が待っている。自らの意志で選択を行わなければいけない究極の状況を前に、瞬は唸り声を漏らした。

武蔵は静かに目を瞑ると、口元に笑顔を作った。それはかつて瞬が見たことのある慈愛に満ちた武蔵の顔そのものであった。

「そこをどいてくれ」

「武蔵？　武蔵なのか？」

懐かしい武蔵の声に、瞬は思わず身体を脇にどけた。武蔵はよろめきながら立ち上がると、満足そうな眼差しを瞬に向けた。

「強くなったな」

武蔵は瞬の方を向いたまま、崖の方へと一歩一歩後退してゆく。瞬は武蔵の考えに気づき、顔色を変えた。

「やめろ……」

「戸隠は次の皆既日食の日にシンガポールで集団催眠を実施しようとしている。もう時間がない」

武蔵は疲れきった様子で、ふうっと大きく息をついた。

「杏は無事なのか？」

「無事だ。今は張と一緒にシンガポールにいる」

「戸隠は？」

「戸隠は敦煌の研究施設にいる。そこには〝アカルデミノ〟の元となる母細胞があるはずだ。お前は敦煌に行ってその細胞を始末しろ」

武蔵は頭を抱えるようにして呻いた。

「武蔵！」

瞬の叫び声に、武蔵は顔を上げた。その顔には決意の色が浮かんでいる。

「あとは頼んだぞ」

武蔵はそう言うと、自らの両手を広げ、崖下へと飛び降りた。吸い込まれるように落ちてゆく武蔵の姿が少年時代の隆と重なり、気づけば瞬は目を閉じていた。また一人、大切な人が俺の前から姿を消したのだ。自分はこの先、あとどれほどの悲しみに耐えなくてはいけないのだろうか。人生で味わう苦痛の量が決まっているならば、自分はとっくに限界を超えているはずだ。

魂が裂けるほどの悲しみに襲われながら、瞬はただ一人ぼうっと地面を見つめていた。


ゴゴゴというプロペラの回るモーター音が上空から聞こえ、瞬は顔を上げた。視線の先には、機体に〝Doctor Heli〟と書かれた1機の小型ヘリコプターが瞬の真上を旋回している。

操縦席のエマが手を上げ、瞬に合図をした。

「今からギリギリまでヘリの高度を下げるから、飛び乗って」

エマの操縦するヘリコプターはそのまま垂直に高度を下げてゆき、瞬の頭上ほどの高さで止まった。

「早く！」

「無理だ。怪我をしていて飛び乗れない」

「情けないわね」

エマは蔦でできた梯を、瞬に向かって投げつけた。

「それにしがみついていることくらいできるでしょう。さっさとしてちょうだい」

瞬は痛みに顔を歪ませながら梯を掴んだ。瞬の足元がふわっと浮き上がると同時に、機体は上空へと上がっていく。吹き荒れる強風がヘリコプターの機体を上下左右に激しく揺らし、瞬は振り落とされないように必死になって梯を掴んだ。

「もうちょっと丁寧に操縦できないのかよ！」

「あら、命の恩人に向かってその言い草はいかがなものかしら？」

必死に梯を這い上がり、息も絶え絶えに機内に転がり込むと、中には高、悟司、メイ、ブルーノ、キムの姿があった。

「良かった。全員無事だったか……」

瞬は安心するやいなや、その場に倒れ込んだ。身体が鉛のように重く、ピクリとも動かない。

「ちょっと瞬くん……。傷だらけじゃん！　大丈夫なの？　ここにベッドあるから、こっち来る？」

高が心配そうな声で瞬に尋ねると、エマが操縦席から顔を出した。

「あと少しで病院に着くから、それまでじっとしていなさい」

瞬は重い頭を上げて機内を見渡した。キャビンの中央には医療用の担架が置かれ、その傍には人工呼吸器や超音波モニターなどの医療器具が備え付けてある。

「医療用のヘリか？」

「ええ、そうよ。近くの病院からお借りしてきたの。あなたたちが大変そうだったから、わざわざ来てあげたのよ……。ああ疲れた」

高がエマの言葉にしきりに頷いている。

「本当、エマが来てくれなかったらヤバかったよ」

エマは満更でもなさそうな様子で、慣れた手つきで操縦桿を操作している。瞬はエマの後ろ姿をじっと見つめた。ヘリも操縦することができるとは、いったいこの女は何者なのだろうか。

瞬がぼうっと考えを巡らせていると、高が瞬の顔を覗き込んできた。

「ねぇ、武蔵は？　その傷は？」

言葉に出したくはなかったが、いつまでも事実を隠しておくことはできない。瞬は顔を上げると、一語一句ハッキリとその言葉を口にした。

「武蔵は死んだ」

操縦桿を握るエマの手が大きくブレ、突如機体が大きく傾いた。

瞬はキャビンに固定されたベッドに掴まると、外に投げ出されそうになる身体を必死に両腕で支えた。強風に煽られ、今にも胴体が引きちぎれそうだ。

「エマ！　機体を立て直して」

高の叫び声で我に返ったエマは、操縦桿を握り直すと機体を安定させた。何とか機体は安定したものの、エマの顔は顔面蒼白だ。エマが恐ろしく動揺しているのは誰の目から見ても明らかだった。

「嘘よ……」

エマは小声で呟いた。

「本当だ。武蔵は何者かによって操られ、俺を殺そうとした。でも、最後は自ら死を選んだんだ」

エマは無言で前を見続けているが、その肩は小刻みに震えている。

「ごめん……」

瞬は俯き、誰にともなく謝った。あの状況ではどうすることもできないと分かっていたが、目の前で武蔵を見殺しにしてしまったことは変わりない。自分は謝ってばかりの人生だな、と思うと自然と乾いた笑いが込み上げてきた。

「瞬くんのせいじゃないよ」

高は瞬の肩に手を置くと、そっと目を閉じた。他のメンバーたちも無言で頷いている。

「武蔵は何か言っていた？」

「ああ。次の皆既日食の時、シンガポールで集団催眠が開始されるって」

「ちょっと待って。次の皆既日食っていつなの？」

高がブルーノに視線を向けると、パソコン画面をじっと見ていたブルーノが短い叫び声を上げた。

「まずい。あと20時間だ……」

「20時間？　一日を切っているじゃないか」

「どうする？」

ブルーノは、真っすぐに瞬を見つめている。瞬は固い決意のこもった目をメンバー全員に向けた。

「高、キム、メイ、ブルーノ、悟司くんはシンガポールに飛んでくれるか？　何とか皆既日食までに杏を見つけ出し、集団催眠を阻止してほしい」

「瞬くんはどうするの？」

「俺は敦煌に行く」

「敦煌？　なんでそんなところに？」

「武蔵が死ぬ前に教えてくれたんだ。敦煌の研究施設に〝アカルデミノ〟の母細胞があるって。俺は細胞を処分し、戸隠と片をつける」

「僕も行くよ。いくら何でも瞬くんを一人で行かせるわけには……」

「私のことをお忘れじゃなくて？」

エマは操縦席から瞬たちの方を振り返った。先ほどまでの悲痛な表情から、いつもと同じ毅然とした表情に戻っている。

「エマが瞬くんと一緒に敦煌に行くの？」

「ええ……。ダメかしら？」

エマの真剣な眼差しに、瞬は頷いた。

「そうだな。いないよりはいてくれた方がましかもな」

瞬の思いを感じ取ったのか、エマは悲しそうな笑みを浮かべた。

「嬉しいわ。でもあなた、その身体で大丈夫なの？」

瞬はエマの言葉で自分が満身創痍の状態であることを思い出したが、不思議と痛みを感じない。ズボンを上げて傷口を見ると、刀で切り付けられた箇所は肉がせり上がりすでに瘡蓋になり始めていた。

瞬は自分の傷口をそっと撫でた。傷口から新たな力が湧き上がるかのように、ドクドクと血液が波打つように流れる音が聞こえてくる。

「大丈夫だ。すぐに敦煌へ飛ぼう」

瞬の言葉に頷くかのように、エマは機体を大きく空中で旋回させた。

眼下では3000m級の北アルプスの山々が重なり合い、その美しく雄大な姿が次第に遠ざかってゆく。

瞬は心の中でそっと武蔵に向けて手を合わせると、胸の前で十字を切った。

第五章

奈美子は会社の資料室で、一人黙々とパソコンに向かって調べものをしていた。

奈美子の勤める出版社では過去に発行された新聞、雑誌などの刊行物にアクセスできるサイトを有しており、簡単に過去記事を検索することができることから、この資料室で寝泊まりする記者も少なくない。パソコンは一台一台仕切りで区切られているため、周囲を気にすることなく各々作業に没頭することができた。


奈美子はデスクの脇に置いた戸隠の写真を手に取ると、それをじっと眺めた。この男が父親なのかと思うと、確かに自分に似ているような気もする。目は鋭い一重であるが鼻筋は西洋人のように通っている。どこかアンバランスな顔立ちは男の顔に不思議な印象を与えていた。

奈美子はパソコンの画面に向き合うと〝アカルデミノ〟と入力し、エンターキーを押した。高鳴る期待と不安を胸に画面を覗き込んだが、〝アカルデミノ〟に関連する記事は全くと言っていいほどヒットしない。あの手紙に書いてあることが事実だとしたら、1件くらいヒットしてもいいのに……。奈美子は恨めしそうな目で画面を見た。

何か他に手がかりはなかっただろうか。手紙に書かれていたことが本当ならば、私も体内に〝アカルデミノ〟という名の爆弾を抱えている可能性が高い。もしその爆弾が発動するようなことがあれば、自分だけではなくこの世界の人々をも巻き込むことになりかねないのだ。

奈美子は暗い面持ちで〝シュンリー研究所〟と打ち込むと、エンターキーを押した。もはや手がかりがあるとすれば、瞬の父親が海外研修で行ったとされる〝シュンリー研究所〟以外にはないだろう。奈美子は藁にもすがる思いで、画面上に現れた検索結果に上から順に目を通していった。すると1件興味深い記事がヒットした。その記事は1996年の全国紙の片隅に掲載されていたものであり、中国の敦煌にあるシュンリー研究所から脳細胞の増殖に関わる特異遺伝子の発現を示唆した論文が発表された、という内容であった。

奈美子は記事を読み進めている最中、ある単語に反応した。それは〝ACALDE〟

とローマ字で表記されており、特異遺伝子を指し示す単語である。

「アカルデ？」

声に出して呟いてみると、〝アカルデミノ〟という単語に似ている気がする。これは偶然なのだろうか。

奈美子は手帳を開き、集めた情報を急いで書き写した。

「調べものかぁ？」

後ろから声をかけられて振り向くと、同期の立花誠《たちばなまこと》が眠そうな顔をして立っている。

「まぁ、ちょっと……」

奈美子は気まずそうな顔で曖昧に頷いた。

「やっぱり週刊誌は大変だよなぁ」

呑気な様子で目をこすっている立花を見て、奈美子はハッとした表情を浮かべた。そういえば立花は確か生物化学月刊誌『進化』の部署にいるはずだ。奈美子は前のめりで立花の服を両手で掴んだ。

「ねぇ！　立花くんって、今『進化』の編集部にいるんだよね？」

奈美子の気迫に押され、立花は思わず後ずさりした。

「ああ。そうだけど、それがどうしたの？」

「アカルデって単語聞いたことある？」

「アカルデ……？」

立花は顎に手を当て、必死に何かを思い出そうと唸っている。

「うーん……。なんか聞いたことあるなぁ」

「お願い。間違っていてもいいから、何か情報があればほしいの」

奈美子は期待を込めた眼差しで立花を見た。

「あ！　思い出した。アカルデって、シュンリー研究所で発表された論文の中で名づけられた単語だよね。その論文、面白くて夢中で読んだなぁ」

ビンゴ！　奈美子は心の中で叫んだ。こんなに近くに情報を持つ人間がいるとは、私の運もまだかろうじて残っていたようだ。

「その論文の内容、簡潔に短く分かりやすく教えて」

「えっと……。要するにアカルデっていう細胞が、人間の脳細胞に特殊な働きかけをすることで、肉体や精神の働きを未知数なものへと変えるって、そんな内容だったけなぁ」

立花は頭を掻きながら、眠そうな様子で大あくびをしている。

肉体や精神の働きを未知数なものへと変える……。奈美子は心の中でその一節を復唱した。

奈美子は初めて会った時、瞬が目にも止まらぬ速さで相手を殴り倒したことを思い返した。今思えば、普通の人間があのようなスピードで相手を倒せるはずがない。恐らく瞬の中にも〝アカルデミノ〟が存在しているのだろう。

「もしその論文に興味あるなら、シュンリー所長に連絡取ってみれば？」

立花からの意外な提案に、奈美子は思わず素っ頓狂な声を上げた。

「え？　連絡取れるの？」

「ああ。シュンリー研究所の論文はよく『進化』で取り上げることも多いからね」

立花はポケットから名刺入れを取り出すと、中からシュンリー所長のアドレスが記載された名刺を奈美子に差し出した。

「くれぐれもなくさないでくれよ。あと、俺の名前も出していいから」

「本当にありがとう！」

奈美子は逸る気持ちを抑えながら、名刺を受け取った。自ら連絡を取るのは危険かもしれなかったが、このまま何もしないでいるわけにもいかない。

「立花くん。シュンリー所長って何歳くらいの人かしら？」

「確か50歳前後だった気がするけど、それがどうしたの？」

「いや、何でもないの。気にしないで」

何でもない風を装い、奈美子は笑顔を作った。50歳前後であれば、生きていれば母親である政子と同じくらいの年代だろう。

奈美子は名刺に記載されているシュンリー研究所の住所に目をやった。敦煌……。聞いたことのない地名であったが、恐らく自分の知りたい真実はその地に存在するのだろう。奈美子は今すぐにでも中国へ飛び立ちたい気持ちに駆られた。

奈美子の真剣な様子を感じ取ったのか、立花は興味深そうな視線を奈美子に送っている。

「何か面白いこと分かったら俺にも教えてな」

「ありがと。今度なんか奢るから！」

奈美子は机の上に置かれた携帯電話に手をかけると、名刺に書かれた電話番号を素早く打った。プルルルという呼び出し音が何度か鳴ってから、奈美子は相手が中国人であることを思い出し、立花を呼び戻した。

「立花くん！　ちょっと……！」

「何？」

「私、中国語分からないから出て！　お願い」

奈美子は携帯を立花に手渡すと、顔の前で両手を合わせた。立花はやれやれといった表情で電話口に出ると、中国語で何やら会話をしていたが、突然受話器を奈美子に戻した。

「佐伯のこと説明しておいたよ。シュンリー所長は日本語も少し分かるから、たぶん大丈夫」

「本当に？」

奈美子は立花から携帯電話を受け取ると、おそるおそる受話器に耳を当てた。

「もしもし……。ニーハオ。佐伯奈美子です」

「こんにちは。シュンリーよ。初めまして。用件は何？」

受話器の向こうから聞こえる優し気な女性の声に、奈美子はほっとした。ここまで流暢に日本語を話すことができるなら、意思疎通に関して問題はないだろう。

「ええと……、あなたが論文で発表したアカルデという細胞に関して少しお話を伺いたいのですが、今お時間はよろしいでしょうか？」

「大丈夫。昔の論文に興味を持ってくれるの、嬉しいわ」

「日本語上手ですね」

「ええ。日本の友人、私に言葉を教えてくれましたから」

奈美子は目の前のペットボトルの水を一口飲むと、シュンリーに話すべき適切な言葉を探した。

「〝アカルデ〟という細胞は、どうやって発見したのですか？」

「その質問は、仕事？　それとも個人的なもの？」

恐らく仕事と言えば、学術的な答えが返ってくるだけだろうと判断し、奈美子は正直な言葉を口にした。

「個人的な質問です。すみません」

「そう……。個人的なことなのね……」

シュンリーは言葉を切った。何を話そうか迷っているようにも思える。

「なぜ知りたいの？」

「それは……」

奈美子は思わず息を飲んだ。自分は知らなくてもいい真実を探ろうとしている。自分の中に〝アカルデミノ〟があるにせよ、今まで問題なく日々を過ごすことができていたのだ。引き返すなら今だ。奈美子の本能はそう告げていたが、すでに奈美子の選択肢の中に〝引き返す〟という文字は消え失せていた。

「私は自分のルーツが知りたいのです」

奈美子は一語一語に力を込め、ハッキリとその言葉を口にした。シュンリーが〝アカルデミノ〟に関する何らかの情報を持っていることは間違いない。あとはそれを自分に話してくれるかどうかだ……。

奈美子は心の中で彼女が真実を話してくれることを祈った。

「ルーツとはどういう意味かしら？」

「そのままの意味です」

そこまで言って、奈美子は言葉を切った。この先を話すべきなのだろうか、と一瞬迷ったものの、気づけばその先を口にしていた。

「恐らく私の中には〝アカルデ〟が存在します」

受話器の向こうでゴクリと息を飲む音が聞こえた。

「……そう」

「真実を教えてください！　お願いです」

「では、私の研究所に来て。そこで真実を話します」

「敦煌に行けばいいのですか？」

「はい。迎えの者を用意します」

「分かりました。では、明日の朝一の便で日本を発ちます」

通話を切ると、奈美子は携帯電話を机に置いた。これで自分のルーツに一歩近づけた気がしたが、それと同時に心の中に言いようのない恐怖の影が雨雲のように広がってゆく。敦煌に行くと言ったが、本当にこの決断は正しかったのだろうか。どうやらこの無鉄砲な性格を変えることは一生できないようだ。

遠くから瞬の怒鳴り声が聞こえたような気がしたが、奈美子はそれに気づかない振りをして戸隠の写真を片手で握りつぶした。自分が向かう先がたとえ地獄であったとしても、前に進まなくてはならない。

瞬の声が聞きたい。奈美子は携帯電話に手を伸ばしかけたが、すぐにその手を引っ込めた。これ以上関わりを持てばこの気持ちを抑えておくことも難しいだろう。美しさの影に悲しみと優しさが見え隠れしている不思議な男に一時心を奪われたが、どうやらそれは許されるものではないらしい。心の中にぽっかり開いた穴を埋めるにはいったいどうすればいいのだろうか。やはり自分に男運はないのだ。奈美子は悲し気な笑みを浮かべた。

シュンリーは受話器を置くと、大きく深呼吸をした。

窓が閉められ、カーテンがしっかりと引かれた無機質な部屋には薬品の匂いが漂っている。壁に備え付けられたボタンを押すと、ジジジという機械音と共にブラインドカーテンが上がり、目の前には高層ビル群の立ち並ぶシンガポールの景色が現れた。

もうすぐこの国のすべてが自分たちのモノになるのだ。そう思うと自然と笑みがこぼれる。準備は着々と進行し、計画通りに事は進んでいる。もうそろそろ張が宮本杏を連れて到着する頃だろう。この計画には能力の高い生贄が必要だが、その心配も必要ない。なんせ、我々の元には天然の〝アカルデ〟を所有している女がいるのだ。

シュンリーは研究の集大成を発揮する時がもう少しで訪れることに胸を躍らせながら、デスク脇に置かれた受話器を上げると、ダイヤルボタンを押した。何度か呼び出し音が鳴った後、男が通話口に出た。

「もしもし。ボスですか？　シュンリーです」

「いやぁ、シュンリー所長、お久しぶりですね。シンガポールでの生活はいかがですか？」

「ええ、快適ですよ。ワン・ノース地区にある施設の増設も順調に進んでおります」

「みたいですね。シンガポール科学技術研究所の次期所長として、あなたには期待しておりますよ」

「光栄です。ありがとうございます」

シュンリーは受話器越しにうっすらと笑みを浮かべた。この男に期待されることが何よりの喜びであり、私のすべてだ。早く〝あの女〟のことを報告しなくては……。

シュンリーは受話器を握り直すと、真剣な口調で用件を切り出した。

「実は……私がかつて掲載したアカルデに関する論文について、日本から問い合わせがありました」

電話の向こうで、男が息を飲んだのが分かった。

「それはどなたからでしょうか？」

「比較的若い女性です。名を佐伯奈美子、と名乗っていました」

「佐伯奈美子ですか……」

シュンリーは電話越しで男がニヤリと笑った気がした。

「女は何か言っていましたか？」

「ええ。自分の中に〝アカルデ〟があると申していました」

男は急に、さもおかしそうに笑い出した。

「それは傑作ですね！」

今まで聞いたことのないような興奮した男の声に、シュンリーはドキリとした。男の声を聞く度に心臓が鷲掴みにされたようにぎゅっと縮まるような気がする。今年で50歳になるにもかかわらず、この男の前では少女のように初々しい態度をとってしまうのが自分でも不思議であった。

「佐伯は明日の朝一の便で日本を発つと言っていたので、迎えをよこす旨を伝えておきましたが……それでよろしかったでしょうか？」

「場所はどこを指定したのですか？」

「敦煌の研究施設です。ボスの近くにお呼びした方がいいと思いまして」

勝手に判断したものの、その選択は間違っていなかっただろうか。シュンリーは緊張した面持ちで、次に男が口を開くのを待った。

「さすがシュンリー所長！　敢えて敦煌を指定するとは！」

シュンリーは男の笑い声に胸を撫で下ろした。良かった。自分の選択は間違っていなかったのだ。

「女の体内に〝アカルデ〟が存在するのであれば、彼女は宮本政子……の、いえ、ボスの実の娘でしょう」

「可愛い一人娘が父親を探しに遥々会いに来てくれるなんて、なんとロマンチックなことでしょう。彼女にはぜひ特別待遇の接待を用意してあげてください。お待ちしていますよ」

「了解です」

シュンリーは受話器を置きパソコンの画面を開くと、敦煌行きの航空券を急いで購入した。すぐに敦煌の研究所へ行き、手筈を整えなくてはならない。

興奮で胸が激しく波立つのを感じる。まさかこのタイミングで宮本政子の娘が現れるとは、神が私たちの計画を後押ししているに違いない。あの女はこの世界の真の平和に肉体を捧げることになる。それは死を超越した幸福となるのではないか。

シュンリーは再び目の前に広がるシンガポールの高層ビル群を眺めながら、その時が訪れるのを想像し、ニヤリと笑みを浮かべた。


瞬は信州大学医学部附属病院の病室のベッドでうんざりした顔つきで横たわっていた。傷口はすっかり完治しているものの、エマが瞬の血液を摂取したいと言うため、足止めを食らっている状況だ。一刻も早く敦煌に行かなければいけないのに、こんなことをしている場合ではないのではないか。

瞬は恨みがましそうな目で、注射器をいじっているエマを見た。

「なぁ、帰ってきたらいくらでも付き合うから、今はこんなことしている場合じゃないんじゃないか？」

「あなたと私が生きて帰れる保証はどこにあるの？」

エマの直球な言葉に、瞬は言葉に詰まった。確かにエマとたった2人で組織のアジトに乗り込もうというのだ。自分たちが生きて帰れる保証はないに等しいかもしれない。

「エマはいいのか……？　敦煌には俺一人で行ってもいいんだぞ」

瞬が遠慮がちにエマに尋ねると、エマは大きなため息と共に呆れた表情を瞬に向けた。

「何をバカなことを言っているの。あなたが一人で行ったら、それこそ殺されるだけよ」

「そんなこと……」

「あなたは戸隠の恐ろしさを何も知らない」

エマは瞬の言葉をピシャリと遮ると、注射針を手に取り、瞬の腕へプスリと差し込んだ。血液が抜かれてゆく鈍い感覚を感じながら、瞬は顔をしかめた。

「戸隠はどんな能力を持っているんだ」

「すべてを無にする」

「無にする？　どういうことだ？」

「そのままの意味よ。相手の能力を無力化する。つまりあなたは戸隠の前では特殊能力を使うことさえできないの」

目元以外を黒いマスクで覆った戸隠の姿が、不気味に思い起こされた。

「あなたと私がのこのこ行ったとしても、ただ殺されて終わりよ。時間がないにしても、何かしらの策を立てなければ武蔵の敵は取れないの」

エマは珍しく感情のこもった様子で声を張り上げた。武蔵とエマの関係について詳しいことは知らないが、エマは本当に武蔵を愛していたのだろう。

「何か策はあるのか？」

「成功するか分からないけど……」

エマは瞬の血液を採取したシリンジを掲げた。

「それをどうするつもりだ？」

「あなたの血液がヘリミナルに適合するかを調べるのよ」

初めて聞く単語に瞬は戸惑いの表情を浮かべた。エマは胸元から乳白色の液体の入った小瓶を取り出すと、それをテーブルの上に置いた。小瓶からはツンとしたアンモニアのような刺激臭が漂ってくる。瞬は片手で鼻をつまむと、もう片方の手で小瓶の上を仰いだ。

「くっさいな……。なんだそれ？」

「ヘリミナルは〝アカルデミノ〟細胞を増殖させる薬よ。激しい副作用が伴う可能性も高いけれど、あなたの特殊能力を最大限まで引き出すことができるの」

「副作用……」

エマの言葉に、瞬は思わず黙り込んだ。

「どうしたの？」

「俺の親父は恐らくその副作用で死んだ」

瞬の言葉にエマは思わず目を丸くした。

「あなたのお父さんが？」

瞬は母からの手紙を取り出すと、それをエマに手渡した。無言で手紙を読んでいたエマの顔色がみるみる青ざめてゆく。

エマは手紙を読み終えると、死人のように蒼白した顔を瞬の方へと向けた。

「……これは本当なの？」

「ああ、たぶん本当だ」

瞬はポケットから取り出した錠剤の入った缶を取り出すと、ベッド脇のサイドテーブルの上に置いた。

「この中に錠剤が入ってる。〝アカルデミノ〟の働きを抑制する薬だ」

エマは視線を宙に這わせて考えを巡らせていたが、ふと何かを思いついたかのように顔を上げた。

「その錠剤、1粒頂いてもいいかしら？」

「いいけど……どうするんだ？」

「今から私の部下にその薬の成分を分析させるわ」

「その部下ってのは信用できるのか？」

エマは瞬の前に、IDカードを置いた。そこには〝世界再生医科学研究所　エマ・マクベス〟と書かれている。

「安心してちょうだい。研究所の職員は超一流よ。そして私の部下はこの情報を決して誰にも漏らさない」

「どうして断言できるんだよ」

瞬は怪訝な顔をエマに向けた。

「情報を漏らした時点で全員始末するからよ」

エマはにっこりと微笑むと、ミニスカートから伸びた長い脚を組み替えた。

成田発シンガポール行きの日本航空421便がジェット燃料を蒸かしながら徐々に滑走路を加速してゆく。高は深々と座席に身を預け、大きく息を吐いた。高の隣にはブルーノ。その後ろの座席にはキムとメイと悟司が座っている。すでに定刻から40分もの時間が過ぎており、腕時計の時刻は17時21分を指していた。

「やっと離陸したね……。シンガポールまでどのくらい？」

高は非難めいた口ぶりでブルーノに話しかけた。

「飛行時間は7時間40分。あっちに着くのは現地時間で深夜1時頃だ」

「あー！　気持ち良いベッドでぐっすり寝たいよ……」

「ぐっすり寝るのは、事が片付いてからだ。皆既日食は16時間後の9時22分。飛行時刻も入れると、俺たちがシンガポールで行動できるのは数時間にも満たない」

「そうだよね。シンガポールに行ったとしても手がかりも何もないし……」

「そうだ！」

ブルーノは何かを思いついたかのように足元の鞄の中からノートパソコンを取り出し、起動させた。

「何するつもりなの？」

「通信衛星をハッキングして、組織のデータベースにアクセスする」

ブルーノは興奮気味にキーボードを打ち付けている。

「ちょっと、僕にも分かるように説明してよ！」

「この機体に搭載されたアンテナは通信衛星と電波のやり取りをしている。そこを乗っ取り通信衛星経由で組織のデータベースにアクセスすれば、俺たちだとバレる可能性は低い」

ブルーノは画面を食い入るように見つめながら、すでに作業に没頭している。ブルーノの言っていることはいまいち理解できないが、彼に任せておけば大丈夫だろう。

高は両腕を伸ばし、ストレッチをした。この狭い機内にいるとたださえおかしい頭が、ますますおかしくなりそうだ。

「しばらく寝た方がいい。後ろにいる3人も爆睡しているみたいだからな」

後ろに視線を向けると、キムとメイと悟司が気持ち良さそうに寝息を立てている。こうして見るとまるで兄妹のようだな、と高はふっと笑みをこぼした。確かにブルーノの言うように、休める時に寝ておかないと後で辛くなるだろう。

高は座席のリクライニングシートを倒すと、ゆっくり目を閉じた。

「高、起きてくれ」

ブルーノの声に、高はうっすらと目を開けた。シンガポール時間に合わせておいた手元の時計を見ると、時刻は23時32分を指している。気づけば結構寝てしまっていたようだ。

高は目をこすりながら、ブルーノの方を向いた。

「何か分かったの？」

「ハッキングに成功した」

ブルーノの言葉で高の眠気は一瞬にして吹き飛んだ。パソコン画面を覗き込むと、そこには膨大な量の個人情報が並んでいる。

「これを見てくれ」

ブルーノが指し示した箇所には〝シンガポール科学技術研究所〟という名称と住所が記されている。聞いたことのない名称に瞬は首を傾げた。

「……科学技術研究所？」

「ああ。世界最先端のバイオテクノロジーについての研究を行っている施設だよ。所長はシュンリーという名の女性のようだ」

「シュンリーか……」

ブルーノは真剣な表情で高の顔を覗き込んだ。

「どう思う？」

「うーん……。何とも言えないなぁ」

「だよなぁ。もしシュンリーが組織の人間だとしたら、国の機関にまでその力が浸透しているってことだろ？　そうなれば集団催眠を阻止するのも一筋縄ではいかないだろうな」

ブルーノが大きくため息をついたと同時に、パソコンの電源が急に落ち、画面が真っ暗になった。

「ブルーノ。電源が落ちたよ」

「おかしいな？　回線は繋がってるぞ」

ブルーノが首を傾げながらパソコンを持ち上げようとしたその時、突如画面に〝助けて〟という白い文字が浮かび上がってきた。

「うあぁっ！」

ブルーノの叫び声を聞きつけ、ＣＡが慌てた様子で駆け寄ってきた。周囲の乗客たちも高とブルーノに向けて好奇の視線を向けている。

「お客様、どうかされましたか？」

ブルーノは持っていたノートパソコンを慌てて閉じると、平静を装うかのような不自然な笑顔を浮かべた。

「あ……いや、すみません。大丈夫です」

ＣＡは一瞬怪訝な表情を浮かべたものの、すぐに納得した様子でその場を離れていった。ブルーノはほっとした様子で、高の方へと向き直った。

「今の見たか？」

ブルーノの問いかけに、高は小さく頷いた。

「もう一度画面を見せて」

ブルーノは頷くと、おそるおそるパソコンの画面を開いた。そこには依然として〝助けて〟という白い文字が浮かび上がっている。

「僕たちに助けを求めているみたいだね」

「そうだな。でもいったい誰からのメッセージだ？」

「試しに返信してみようよ」

「返信？　どうやって？」

「キーボードに文字を打ち込むんだよ。〝あなたは誰ですか？〟って」

「そんなことして答えてくれると思うか？」

「ものは試しだよ。早く早く！」

高に急かされ、ブルーノは渋々といった様子でキーボードを打ち込んだ。

「〝あなたは誰ですか？〟……っと、これでいいか？」

「返信くるかな？」

「さすがにこれで返信がくるなんてこと……」

ブルーノがそこまで言いかけた時、画面上に〝宮本杏〟という文字が現れた。ブルーノと高は顔を見合わせると、同時に目を瞬かせた。

「杏ちゃんからだ……」

「何て返信する？」

「〝どこにいる？〟って聞いてみてくれない？」

ブルーノがキーボードに文字を打ち込むと、再び暗い画面に白い文字で〝シンガポール科学技術研究所〟と浮かび上がってきた。

「ブルーノ、僕にパソコン打たせてもらってもいい？」

高はブルーノからパソコンを受け取ると、〝そこに何がある？〟と文字を打った。

すぐに杏から返信が来たが、画面を一目見るやいなや高はその答えに息を飲んだ。

背中をじわじわと悪寒がせり上がってくる。今から行く場所にいったい何が待ち受けているのだろうか……。

パソコンの画面には〝死〟という文字が点滅していた。


飛行機がチャンギ国際空港に着陸すると、高たち5人は足早に入国審査を済ませ、到着ゲートへと向かった。

空港内はあまりに広く、そこは空港というより近未来の巨大なテーマパークと呼ぶに相応しい代物だ。深夜にもかかわらず、空港内の案内板には、ショッピングやレストランはもちろんのこと、プール、映画館、マッサージ施設、ホテルなど何から何まで備わっていると書かれている。もはやこの空港自体が観光名所なのではないか、と錯覚しそうなほどに巨大な空港を見上げながら、高はシンガポールという国がいかに豊かであるかをまざまざと見せつけられた気がした。戸隠たちがこの国に丸ごと催眠を施せば、世界にとって最悪の脅威となりかねない。

高は自分に喝を入れるかのように頬を叩くと、空港前に停まっているタクシーに乗り込んだ。

運転手にシンガポール科学技術研究所へ向かうように告げると、車は静かに走り出した。窓から見える高層ビル群は〝未来都市〟と言えるほどに近代的であり、東京の都心さながら眩しいネオンの光を放っている。先ほどの杏からのメッセージが高の心の中に暗い影を落としていた。〝死〟とはどういう意味なのだろうか。考えれば考えるほどに、高の額にはうっすらと汗が滲んできた。

少し開いた窓からはマリーナエリアから吹き込む涼しい風が流れ込んできている。高は深呼吸をすると、窓に映るシンガポールの夜景をじっと見つめた。

「お客さんたち、こんな時間に研究所に何の用？」

ふいにタクシーの運転手に尋ねられ、高は言葉を詰まらせた。

「えっと……研究施設内で問題が起こったので、今から急きょ向かうことになって……」

高の嘘を真に受けた運転手は、気の毒そうな顔つきになって声を潜めた。

「またあの研究所は問題を起こしたのか……。にいちゃんたちも大変ですなぁ」

運転手の言葉に高は思わず身を乗り出した。

「前にも何かあったんですか？」

「え？　知らないの？　ちょうど1ヶ月前くらいにニュースになったよ。研究所から異臭騒ぎがあったみたいでさ」

「どんな匂いだったんですか？」

「うーん。なんかアンモニアみたいな酸っぱい匂いだったみたいね。いったい何の研究してるんだろうね、全く……」

運転手は高たちに向けてぶつぶつ文句を言っていたが、しばらくして郊外のワン・ノース地区へと入っていくと、〝フュージョノポリスタワー〟の前で停車した。

「ほら、着いたよ」

「……ここですか？」

「この建物の中だよ。確か10階より上が研究所だったはず」

高は運転手にお礼を言って車から降りると、目の前にそびえ立つ建物を見つめた。もっと古めかしい建物を想定していたが、目の前には円柱を4分割したような近未来的なデザインの高層ビルが2連立ち並び、ビルとビルの間は巨大な球体の置物で繋がっている。有機的に切り込まれビルの外観はまさに芸術的と呼べるものであり、高は思わずため息を漏らした。建物入口となる巨大な正面玄関にはシャッターが下りており、素手で開けることはできそうにない。

「ブルーノ、このシャッター開けられそう？」

ブルーノは小さく頷くと、シャッターに向けて手を翳した。しばらくすると目の前のシャッターが静かに上がり始めたが、ブルーノはどこか不安気な表情を浮かべながら首を傾げている。

「どうかした？」

「電子の流れが妙だ。流れの方向が定まっていない」

「何かまずいの？」

「通常ではあり得ない動きだ。このビルの中に何かある」

視線を左右に巡らすと建設中のビル群が、暗闇の中ひっそりと立ち並んでいる。それは巨大な墓場のように不穏な雰囲気を周囲に放っていた。


高を先頭に、ブルーノ、キム、メイ、悟司は全面ガラス張りになった高級感漂うロビーへと足を踏み入れた。ロビーは暗闇と静寂に包まれており、人の気配は感じられない。

ロビーの天井からは巨大なシャンデリアが吊るされており、暗闇の中、キラキラとした光をまき散らしている。

「誰もいないみたいだね……」

高が小声で呟いた瞬間、全身に鉛のような負荷が圧し掛かり、高はその場に膝をついた。全身が痺れるようにビリビリと痛い。後ろからついてきた4人も、高と同じようにその場に膝をつき、苦悶の表情を浮かべている。

「……ブルーノ、これは？」

「磁場が完全にイかれてやがる。高、立てるか？」

「何とか」

そう言って立ち上がったものの、やはり足は思う方向に動かない。能力者がこの施設に侵入できないよう、何らかの特別な仕掛けがしてあるのだろうか……。そう思った矢先、頭上で大きな警報音が鳴り響き出した。

「まずい！　セキュリティ装置が作動した。追手が来るぞ」

「あっちにエレベーターがある！　10階に行くぞ」

高たちはブルーノの提案に頷くと、足を引きずりながらエレベーターホールへと向かった。背後の警報音は相変わらず大音量で鳴り響いている。

高はなかなか来ないエレベーターにイライラしながら、背後を何度も振り返った。大勢の足音がこちらに向かって近づいてくる。

「エレベーターはまだなの？」

何度もエレベーターのボタンを押したものの、ボタンが赤く点灯するだけでエレベーターが下りてくる気配はない。高は思わず壁に身体をもたせかけた。狂った磁場の影響で身体に力が入らず、呼吸が乱れる。このままでは組織の追手に捕まり、杏を助け出す前に自分たちが殺されてしまうだろう。高は迫りくる大勢の人影を絶望的な面持ちで見つめた。

その時、メイが一歩前へと進み出た。

「皆、先行って。ここ、私が何とかする」

「……メイ？」

「私、ここの重力狂わせる」

「無理だよ！」

「やってみなきゃ分からない」

メイは固い決意を浮かべ、真っすぐに高を見つめている。燃えるような瞳からは闘志が煮えたぎっていた。

「ここで皆死んだらおしまい。早く行って」

「でもメイ一人じゃ……」

高が逡巡していると、キムがメイの横に立った。

「さすがにレディ一人にはしておけないからね。ここは僕とメイに任せて、３人は早く行って」

後ろのエレベーターがチーンという音を立てて開くと、高は覚悟を決め、ブルーノと悟司と共にエレベーターに乗り込んだ。今はメイとキムを信じるしかない。高は閉まりつつあるドアの隙間から、メイとキムの背中をじっと見つめた。


エレベーターのドアが閉まると、メイは大きく息を吐き出した。どうやらここで全員死ぬ事態は免れたらしい。

「メイ、どうする？」

「私、重力狂わせる。その間、こいつら洗脳して」

「分かった。やってみるよ」

前方から聞こえる足音から推測するに追手の数は１００人を超えているだろう。キムにそれほどの人数の思考を操ることができるかは分からなかったが、今は少しでもここで時間稼ぎをするしかない。

メイは腰をかがめて両手をロビーの床につけると、目を瞑った。建物の外観を頭に思い浮かべ、意識を一点に集中させる。床につけた両手がじんじんと熱くなってくると同時に、自分の周りの重力が変化してゆくのを感じた。ダメだ、これじゃあまだ足りない……。メイは小さく首を振ると、もう一度集中した。

「メイ！　危ない！」

キムの叫び声とほぼ同時に、銃声が建物内に響き渡った。メイが驚いて顔を上げると、目の前には肩から血を流したキムが苦しそうに膝をついてうずくまっている。

「キム‼」

「メイ、僕は大丈夫。その場を動かないで集中して」

前方に視線を向けると、無数の銃口がこちらに向けられている。

そっちがその気なら、私もあんたたちを木端微塵にしてやるわよ。メイは心の中で毒づくと、大きく息を吐いた。マグマのようなエネルギーが身体の奥底から湧き上がってくるのを感じる。今だ！　そう思った次の瞬間、目の前にいる男たちの身体がふわっと宙に浮いた。

「キム！」

メイの言葉に頷くと、キムは大きな声で〝頭上に向けて発砲しろ〟と叫んだ。

男たちはキムの言葉に従うかのように、持っていた銃を上に向けて一斉に発砲し始めた。ロビーの天井に備え付けられていたシャンデリアが割れ、ガラスの破片が男たちに向かって容赦なく降り注いでくる。

その光景はキラキラと光る雨粒が落ちてくるかのように非現実的で美しく、スローモーションのようにメイの脳内を駆け巡った。男たちは落ちてくるガラスを避けようと血眼になってその場を逃げ回っている。ガラスがすべて落ち終わると、辺りはシーンとした静寂に包まれた。

さぁ、来れるものなら来てみなさいよ。メイは立ち上がると、血だらけの男たちに向けて軽く笑みを浮かべながら小首を傾げた。


高とブルーノと悟司を乗せたエレベーターが10階へ到着すると、3人は転がるようにして廊下へと転がり出た。ビルの窓全体に遮光ブラインドが下りているため館内は暗闇に包まれており、非常灯だけが周囲に弱々しい光を放っている。高が暗闇に慣れようと必死に目を凝らしていると、エレベーターホールの先に小さな丸テーブルが置かれていることに気が付いた。

「あっちに何かある。行ってみよう」

逸る気持ちを抑えながらその場所に向かうと、テーブルの上には受話器が置かれており、その横には館内の見取り図が立てかけられている。恐らくここが来賓用の受付なのだろう。

高は見取り図を手に取ると、ブルーノと悟司にも見えるように地面に置いた。

「今僕たちがいるのがここだね。ブルーノ！　パソコン貸して！」

高の言葉に、ブルーノは慌ててノートパソコンを高に手渡した。

「どうするつもりだ？」

「杏ちゃんに聞くのが一番早いでしょ」

高はブルーノからパソコンを受け取ると、その画面に〝10階に着いた。どこに向かえばいい？〟と文字を打ち込んだ。

画面は暗く、何の反応もない。ブルーノは非難めいた眼差しを高に向けた。

「高、こうしているよりも先に進んだ方がいいんじゃないか……？」

「いや、杏ちゃんからのメッセージは必ず来る」

すると次の瞬間、画面上に白い文字で〝カプセルルーム〟と書かれた文字が浮かび上がってきた。

「メッセージが来た！」

初めて杏からのメッセージを見た悟司は驚きの表情を浮かべている。

高は館内見取り図を手に取ると、それを悟司とブルーノにも見えるように床に置き、〝カプセルルーム〟と書かれた部屋を指で指し示した。

「ここだ」

その部屋は廊下を突き当たった先にあるらしい。高は見取り図を手に立ち上がると、受付の後ろにそびえ立つ頑丈そうな木目調の自動ドアに目を向けた。ドアはＩＤカードを翳して入退出できるようになっており、横の壁にはカードキーを翳すためのタッチパネルが備え付けられている。カプセルルームに向かうにはこのドアを通るしか道はなさそうだ。

「ブルーノ、このドアのロックを解除することはできそうかな」

ブルーノは眉間に皺を寄せ、険しい表情を浮かべている。

「この建物自体、磁場がめちゃくちゃだ。一旦流れを整えた上で電子を操作しなくてはいけないけど俺一人じゃ……」

ブルーノが考えあぐねていると、悟司がブルーノの隣に進み出た。

「僕に手伝わせて」

悟司の提案に、ブルーノは即座に頷いた。

「電子の流れを整えられるか？」

「やってみるよ」

悟司はブルーノの右肩にそっと左手を置くと、目を瞑った。ブルーノの身体が小刻みに揺れ、2人の表情が次第に強張ってゆく。すると次の瞬間、岩のように固く閉ざされていたドアに数十センチほどの隙間が生じ始めた。

「ブルーノ、悟司くん。ここは任せていいかな？」

ブルーノと悟司が頷いたのを確認すると、高は視線をエレベーターホールへと向けた。先ほどから背後でジジジという小さなモーター音が聞こえるような気がしていたが、やはりそれは気のせいではなさそうだ。目の前のエレベーターの階数表示ランプが10階を目指して近づいてきている。しかも下の階からではなく、上の階からだ。

高は目の前のエレベーターをじっと見つめた。目の前のエレベーターはあと5秒で開く。それ自体は問題ないのだが、問題なのはそこから誰が出てくるかだ。

エレベーターの表示ランプが10階で点滅し、モーター音が止まった。

来る……。高がごくりと息を飲み込んだと同時に、エレベーターは音もなく開いた。


中国東方航空MU2416便機内から、瞬は窓の外を眺めていた。羽田を発ち北京経由で乗り継ぎを行ってからすでに10時間が経過しており、時刻は深夜2時を回っている。夜の闇に紛れて外の景色は見えないものの、恐らくこの下には砂に覆われた茶褐色の広大な大地が広がっているのだろう。

「もうそろそろだな」

瞬が呟くと同時に、頭上のシートベルト装着のランプが点灯した。あと10分ほどで、ゴビ砂漠の上空を飛び続けた飛行機は、その羽を休めるかのようにゆっくりと高度を落とし、敦煌空港へと降り立つのだ。

瞬は横に座るエマの表情を盗み見たが、やはりこの女が何を考えているか皆目見当がつきそうにない。

エマの横顔に不審な眼差しを向けながら、瞬は着陸に備えて深く座り直した。


しばらくして飛行機が敦煌空港の滑走路に着陸すると、瞬とエマは素早くタラップを下りた。気温は10度前後だろうか。予想していたよりも遥かに寒く、澄み切った空気はカラカラに乾燥している。頭上では満天の星が輝きを放ち、周囲の闇を美しく照らしていた。

「すごいな。まるで天然のプラネタリウムにいるみたいだ」

地上と空との境界線のない闇が永遠に続いていくような光景に、瞬は思わず感嘆のため息を漏らした。

「ええ、本当。綺麗ね」

エマも本心からその夜空に見入っているようだ。傍から見れば観光に来たカップルの会話のようなやり取りに、瞬はふっと微笑んだ。


ターミナルビルで荷物を受け取ると、2人は空港前にいたタクシーに乗り込み、ひとまず敦煌市内へと向かった。

敦煌は、人口15万人程度の甘粛省北西部に位置する小規模な都市であり、かつてシルクロードの分岐点として栄えたオアシス都市として有名な場所である。様々な夢や金欲に魅せられた多くの人々の〝夢〟と〝挫折〟、あるいは〝生〟と〝死〟が常に混ざり合った砂漠地帯を、瞬はタクシーの車内からじっと見つめた。砂漠は巨大な闇と化して今にも襲いかかってきそうなほどの迫力で、瞬の眼前へと差し迫っている。

このどこかに戸隠がいると思うと、怒りに似た感情が身体の中に突き上げてくるのを感じた。思えば自分の人生はすべて戸隠によって狂わされてきた。一度は洗脳され師と仰いだ時期もあったが、それもすべてまやかしだったのだ。

「ねぇ、戸隠に会ったらどうするつもり？」

隣に座るエマが、瞬の耳元でそっと尋ねた。

「そんなの決まってるだろ……」

瞬は戸隠に会って自分が何をすべきか、分かりすぎるほど分かっていた。

車で走ること15分。月明かりに照らされた敦煌の中心街のシンボル〝反弾琵琶伎楽天像〟が見えてくると、エマは運転席へと身を乗り出した。

「ここで止めてちょうだい」

エマの口からは流れ出た流暢な中国語に、瞬は思わず耳を疑った。

「中国語もしゃべれるのか？」

「ええ。私、語学は得意なの」

むしろエマに不得意なことなどあるのだろうかと瞬は心の中で訝しがった。仲間と言いつつも、自分は高を始め、エマ、ブルーノ、キム、メイそして悟司の素性も生い立ちも何も知らないのだ。彼らのことをもっと知りたいという感情と、これ以上踏み込んではいけないという感情がせめぎ合い、瞬の心は相反する感情の狭間で揺れ動いていた。


瞬とエマはタクシーを降りると、オレンジ色のネオンが光る〝敦煌飯店〟と書かれたホテルへと入った。まずは一旦落ち着き、今ある情報を精査しなければならない。

フロントで受付を済ませると、２人はらせん状の階段を上り、客室のある廊下へとやってきた。

「俺の部屋は何号室だ？」

「あなたの部屋？　部屋は１部屋だけよ」

エマは東に面した部屋のドアを開けると、どうぞといったジェスチャーを瞬に向けて微笑んだ。

「え？　１部屋だけ？」

「ええ。２部屋は空いてなかったみたい。私と一緒に寝るのは、そんなに嫌かしら？」

エマはサラッと言うと、一人部屋へと入っていった。エマの後に続き、気まずそうな様子で瞬が部屋へと入ると、薄暗い部屋の中央では古びたダブルベッドがその存在感を大いに放っている。さすがの瞬もラブホテルを彷彿とさせる室内に、狼狽の色を浮かべた。

「おい……。なんでダブルベッドなんだよ」

「ここが最後の１室だったのよ。文句は言わないでちょうだい」

エマはギシギシと音のするダブルベッドの端に腰かけると、大きなあくびをした。

「少し仮眠をとりましょう。まずは体力を回復しないと」

瞬は気まずさに耐えきれず、思わず視線を逸らした。無論エマ相手に何かする気は毛頭ないが、それでもこの状況下で一緒のベッドに寝るということ自体が気まずくてならない。瞬の気持ちを察したのか、エマはこの状況を楽しむかのような意地の悪い視線を瞬に向けた。

「気まずいの？」

「ダブルベッドの部屋に2人きりなんて、気まずいに決まっているだろ」

「ふふ。可愛いこと言うのね」

エマはおもむろに立ち上がると、着ていた服をその場に脱ぎ捨てた。

シミ一つない白い陶器のようなエマの裸体からは、汗と香水の混ざった甘ったるい匂いがほのかに漂ってくる。丸く盛り上がった乳房はうっすらとした赤みを帯びており、しなるような曲線を描いた腰のラインは不安になるほどか細く、今にもポキッと折れてしまいそうだ。

目の前にいきなり現れた一糸纏わぬエマの裸体に、瞬は思わず固まった。

「……何やってるんだよ」

「私、寝る時は全裸なのよ」

エマはそう言うと全裸でベッドの中に潜り込むと、すぐに寝息を立て始めた。

自分を挑発しているとしか思えないエマの行動を前に、瞬の中に急にムラムラとした性欲が湧き上がってきた。数時間後にたった2人で組織のアジトへと乗り込むことを考えると、そこに命の保証はなく、女を抱けるのもこれが最後かもしれない。

瞬は着ていたTシャツを脱ぐと、ベッドの上に片膝を立て、エマの寝ている方へと上体を寄せた。エマの身体を覆っているブランケットに軽く手をかけ、それを少しずらすと、艶めかしい白い背中が見えた。瞬はその背中に手を滑り込ませると、その手を下の方へと這わせていった。ピクッとエマの身体が動いたと同時に、瞬の脳裏にふと、奈美子の顔が浮かんだ。奈美子は瞬に何か助けを求めるかのような表情を浮かべ、目には大粒の涙を溜めている。

瞬はその瞬間、我に返った。やはりどんな状況とはいえ、今エマに手を出すのはまずい。瞬は伸ばしかけた手を引っ込めると、そのままベッドに大の字に仰向けになった。

奈美子はいったい今どうしているのだろうか。あれから何度も奈美子の携帯に電話をかけてみたものの、ずっと電源は切れたままの状態だ。編集者であればいつ何時仕事関係の電話が入るか分からないため、電源を切った状態である方が珍しいと言えるだろう。奈美子の身に何らかの危険が迫っているかもしれない状況の中、今こうして隣にいる女を抱こうとした自分が信じられなかった。

「何を考えているの？」

瞬に背を向けたままの状態で、エマが尋ねた。

「奈美子のことだよ」

エマはブランケットを引き上げ、瞬の方へと上体を向けると、その頬にそっと手を触れた。

「愛しても無駄よ。あなたたちは血が繋がっているのだから」

「分かってるよ！」

瞬は思わずエマの手を振り払った。エマの言葉になぜか無性に腹が立つ。この説明のつかない感情はいったい何なのだろうか。

「エマは本当に武蔵のことを愛していたのか？」

「分からないわ。でも大切な人であったことは間違いなかった」

エマはそう言うと、長い睫毛をそっと伏せた。瞼にできた陰影は物悲しくも美しい。

エマはベッド脇にかけられていたバスローブを羽織ると、室内に備え付けられた小型の冷蔵庫からコロナを一本取り出し、栓を開けた。

「あなたも飲まない？」

瞬はエマからコロナを受け取ると、一気にそれを飲み干した。ふと窓の外に目をやると、背の高い2本のポプラの木が砂塵の混ざった風で大きく揺れ、苦し気にたわんでいる。まるで俺たちみたいだな、と瞬は心の中で呟いた。

「研究所の場所は分かっているのか？」

「私が知っているのは東西40km、南北20kmにも及ぶ〝鳴沙山〟の〝どこか〟にあるということだけ。生前に武蔵が教えてくれた唯一の情報よ」

「また山登りか……」

「鳴沙山はただの山ではないわ。すべて砂が堆積してできた砂の山。砂に足を取られるから、歩いて移動するのはなかなか厳しいわね」

「要は砂漠だろ？　それだったらすぐ見つかりそうだな」

「いいえ。航空写真で見た限りでは、該当する施設を見つけ出すことができなかった。あと数時間で夜が明けるから、そしたらすぐに出発しましょう」

エマの提案に瞬は頷いた。一刻も早く戸隠のアジトを見つけ出さなければならないが、この暗闇の中では空と陸の境目さえ判断するのは難しいだろう。

エマは再びベッドに戻ると、静かな寝息を立て始めた。瞬はベッドの端に腰かけ、寝ているエマに視線を向けた。寂しい女なのかもしれない……。エマの寝顔をじっと見つめていると不思議なことに親身の情が湧き起こってきた。エマがどういった人生を歩んできたのかは知らないが、恐らく自分と同じように常に孤独の感情に支配されてきたのだろう。

東の地平線はうっすらと明るくなり始め、新しい一日が始まりを告げようとしている。瞬は深いため息をつく代わりに、喉の奥で小さな唸り声を上げた。

薬品の混ざり合ったような強烈な匂いのする部屋で、奈美子は目を開いた。部屋は薄暗く、窓もカーテンもしっかり閉めきられている。ここはいったいどこなのだろうか。奈美子は、ぼうっとする頭で記憶を辿った。

そうだ、私は敦煌空港を降り立って……。そしてシュンリー所長が出迎えてくれて……。それで……ええっと、そうだ。そこからの記憶がなくなっているのだ。

奈美子は誰もいない部屋をぼうっと眺めた。20畳ほどある部屋の真ん中には大きな実験用と思われるテーブルが置かれており、壁一面に取り付けられた棚にはずらりと薬品類が並んでいる。恐らく自分が今いる場所がシュンリー研究所なのだろう。

「あのぉ……。シュンリー所長……。いらっしゃいますか……？」

念のため、誰もいない部屋に呼びかけてみたものの、もちろん返事はなく、奈美子の声は誰もいない室内に静かに吸い込まれていった。

いったいシュンリー所長はどこにいるのだろうか。テーブルに目を向けると、そこには白いハンカチが1枚無造作に置かれている。このハンカチ、どこかで見覚えがあるような気がする……。

奈美子がハンカチに何気なく手を伸ばそうとした次の瞬間、はたと空港からの記憶が蘇った。


敦煌空港の玄関口で奈美子を出迎えてくれたシュンリーは、血管の浮き出た細い腕を奈美子に差し出すと笑顔で微笑んだ。化粧で装った顔からは不自然な若さが滲み出ており、短く切り揃えられた髪は老婆のように真っ白に染められている。その奇妙でアンバランスな容姿を前に、奈美子は目の前にいる女性が何歳であるのか分からず、混乱した。

「はじめまして。シュンリーです。敦煌に来てくれてありがとう」

シュンリーはその言葉とは裏腹に、感情のこもっていない冷たい声で奈美子に向かって話しかけた。

「いえ、こちらこそ急に押しかけてしまってすみません」

「向こうに車を停めてある。よかったら私の研究室でゆっくりお話を聞かせてもらいたい。いい？」

シュンリーの指さす方向には、小型のワゴン車が停まっている。奈美子は小さく頷くと、シュンリーと共に車の方へと歩き出した。

車の前まで来ると、シュンリーは奈美子のために後部座席のドアを開けた。後部座席の窓には外から中が見えないように、スモークフィルムが貼られている。それを見た途端、奈美子は言いようのない不信感に襲われたが、疲れた頭ではそれ以上考えることはできそうにない。

「早く乗って」

シュンリーに促され、奈美子は車に乗り込もうとした。が、次の瞬間、後ろから思い切り突き飛ばされ、奈美子は車内に転がり込んだ。

いったい、今自分に何が起きたのだろうか。奈美子はパニックになりかけた頭を必死に整理しようとしたが、導き出される答えは一つであり、それはシュンリーが自分に何らかの危害を加えようとしているという最悪のシナリオだ。すでに目の前には白いハンカチが迫っており、ツンと来るような刺激臭を帯びた匂いが鼻の奥を刺激し、意識が遠いてゆく。

この匂いを吸い込んではいけない……。奈美子は必死に自分に言い聞かせたが、意識はそのまま深い闇へと落ちていった。


記憶を取り戻した奈美子は、一人青ざめた。私はこの場所に自らの意志で来たのではなく、シュンリーによって連れて来られたのだ。

奈美子は床に落ちていたバッグを手繰り寄せると、中から携帯電話を取り出した。一刻も早く外部に助けを求めなくてはならない。震える手でダイヤルを押そうとした時、部屋のドアが音もなく開き、白衣を着たシュンリーが入ってきた。

「目、覚めた？」

「ここはどこ？　どうしてあんなことを……」

「どこだっていいでしょ。ここ圏外だから電波入らない」

シュンリーは何事もなかったような表情で椅子に腰かけると、テーブルの上に血液の入った採血管を置いた。

「これは……？」

「あなたの血液を調べた。あなた、自分に〝アカルデ〟が存在する。そう言ったね？」

奈美子は曖昧に頷いた。自分は今から何を聞かされようとしているのだろうか。そう思うと、奈美子の身体は自然と強張った。

「私が論文で発表した〝アカルデ〟と同じ細胞、あなたの中にも存在した。聞きたかったこと合っている？」

覚悟はできていたものの、ハッキリとその事実を突きつけられて奈美子は動揺した。

「〝アカルデ〟って何なの？　〝アカルデミノ〟とは何が違うの？」

「〝アカルデ〟は自然に作り出された細胞。〝アカルデミノ〟は人工培養された細胞のこと。どっちも人間の脳細胞に特殊な働きかけをする」

シュンリーの言葉に、奈美子は自分の幼少期をふと思い出した。確かに自分には、幼い頃から第六感のようなものが強く備わっていたが、まさかそれが〝アカルデ〟の作用だとでも言うのだろうか。

「やっぱりあなた、政子の娘ね」

シュンリーは吐き捨てるように呟くと、ありったけの憎悪を込めた視線を奈美子に向けた。

「お母さんを知っているの？」

「元々同じ研究員。あのクソ女のこと、よく知っている」

「そんな言い方……」

シュンリーは眉をピクリと上げると、意外そうな顔つきで奈美子を見た。

「捨てられたのに庇うの、おかしいよ」

「捨てたんじゃない……。お母さんは戸隠から私を守るために仕方なく……」

奈美子は言葉を詰まらせると、顔を下に向けた。

「都合のいいように解釈すればいい。どうせあなたはすぐに死ぬ」

思いがけない言葉に、奈美子はハッと顔を上げた。戸隠の娘であれば殺されないだろうと高を括っていたが、どうやらそれは見当違いだったらしい。

「私を殺すつもりなの？」

「殺すのとは違う。あなたは人類のために肉体を捧げる。それはとても名誉なこと」

「同じことじゃないの！　じゃああなたが私の代わりになりなさいよ！」

「私はダメ。〝アカルデ〟を持つ人間しか、型にはなれない」

「型……？　何言っているの？」

奈美子の困惑を感じ取ったかのように、シュンリーは言葉を続けた。

「もうすぐシンガポールで集団催眠が始まる。けど、問題ある。人口550万人の意識を1つにまとめる場所必要」

「まさかそれを……私に？」

「シンガポールはあなた違う。宮本杏がいる」

聞き覚えのある名前に、奈美子は思わず息を飲んだ。こいつらは私だけでなく瞬の妹にまで魔の手を伸ばしていたというのか。

じっと押し黙っている奈美子を見て、シュンリーは大声で笑い出した。

「素晴らしい経験！　一瞬にして550万人の苦痛と快楽を味わうことができる！」

奈美子はありったけの憎悪を込めてシュンリーを睨んだ。身体中からふつふつと怒りの感情が湧き起こってくる。こいつらは本当に血の通った人間なのだろうか。

「……ただで済むと思わないでよ」

「うらやむ必要ない。あなたのために別の場所、用意してる」

「別の場所……？」

「ここ、中国。あなたの身体、13億7千万人の意識が入る」

「え……」

あまりに非現実的な数字に、奈美子は一瞬言葉を失った。13億7千万人の意識が自分に食らいつく様を想像するだけで、胃からせり上がるような吐き気が込み上げてくる。先ほどから止まらない膝の震えはますます大きくなり、身体から血の気が引いてゆくのを感じた。

「自分たちが何をしようとしているか分かっているの？」

シュンリーはふいに真剣な表情になると、真っすぐ奈美子を見つめた。

「人間は愚か。理性を失い、自ら食い合う」

シュンリーは血走った眼差しを向けながら、奈美子の方へと一歩一歩近づいていった。その瞳には狂気の色が滲み出ている。

「何する気？」

シュンリーは手に持った注射器を掲げると、恍惚とした表情を浮かべた。

「あなたの〝アカルデ〟、今よりも増やす」

シュンリーの言葉に、思わず奈美子は固まった。母の手紙に書いてあったことが本当であるならば、瞬の父は〝アカルデミノ〟の増殖によって命を落としたのだ。

「お願い……！　やめて」

「計画は変えられない。これは神の意志」

シュンリーは強い口調で断言すると、奈美子の元へと足早に近づいてきた。

恐らくこの女には何を言っても無駄なのだろう。奈美子は絶望の面持ちで背後に迫る薬品棚に目を向けた。どうやら逃げ場はなさそうだ。

「何が神の意志よ！　この人殺し集団め！」

激しい心臓の高鳴りと共に奈美子が叫んだ瞬間、左腕に注射針が刺されるのを感じた。意識が深い闇に落ちてゆくのを感じる。私は生まれてからも一人で、死ぬ時も一人なのか……。そう思った途端、奈美子の目からは一筋の涙がこぼれ落ちていた。

最後に瞬に会いたい……。奈美子は心の中でそっと祈った。

第六章

その数秒は永遠とも思えるほどに長い時間であった。高は瞬き一つせず、スローモーションのようにゆっくりと開くエレベーターを見つめた。あの鉄の塊の中からいったい何人出てくるのだろうか。数人……。数十人……。いやもっとだろうか。

「ブルーノ！　あとどのくらいでドアは開きそう？」

「3分あれば何とか……」

「分かった」

ブルーノの顔には苦痛の色が色濃く浮かび上がっており、一方の悟司の方も、生気の抜けた表情で一点を見つめている。2人の肉体に限界が訪れようとしていることは明らかだった。何としてでも自分がここで3分以上時間稼ぎをしなければいけない。ここで持ち堪えなければ、すべてが水の泡となるのだ。

高がエレベーターホールに向き直ると、ひょろりとした長身のシルエットがカツンカツンという靴音を廊下に響かせながらこちらに近づいてくるのが分かった。

まさか一人か……？　高の問いに答えるかのように、足音はピタリと止まり、張りつめた緊張感が辺りに漂った。

「よくここまで来れたな。待っていたよ」

空気を引っかくかのような甲高く掠れた笑い声に、高は思わず本能的な不快感を覚えた。

「誰だ？」

「分かるだろ……。高誠」

非常灯に照らされ、男の顔が高の前にぼうっと浮かび上がった。特徴的なスキンヘッドに切れ長の一重、全身から滲み出る狂気と残忍さを前に、高は思わず息を飲んだ。落ち窪んだ目は薄気味悪いほどぎょろりとしており、口元には虚無的で歪んだ笑みが浮かんでいる。

「張……」

噂にはかねがね聞いていたが、ここまで暴力的な思念のようなものを全身に感じるのは初めての経験だ。今までこの男が殺してきた人間はいったいどれほどなのだろうか。そう考えてしまうほどに、目の前にいる男は血の匂いに包まれていた。

「杏ちゃんをどうするつもり？」

「あの女は生まれながらにして素晴らしい素質を持っている。まさに組織にとっての宝だよ」

「殺そうとしているくせに何を！」

込み上げてくる怒りと共に、高は吐き捨てるように言った。

「殺すわけではない。強いて言うなら容れ物として宮本杏は生き続ける」

「どういう意味？」

「そのままの意味さ。宮本杏はこの国にいる人間の意識を収容する〝場所〟となる。お前たちに返すわけにはいかない」

「さっきから勝手なことを……」

「暇な時なら相手してやってもいいが、俺には時間がない。時間稼ぎのおしゃべりに付き合ってやれるのはここまでだ。今すぐ死ね」

突如、張の大きい手の平が暗闇をうごめく白い蛇のように、素早い速さで高の顔面へと張り付いた。うまく息が吸えず頭には血が上ってゆく。高が身を捩らせてその手を振りほどこうとした瞬間、脳天に痺れるような激しい痛みが駆け廻った。まるで何者かに脳みそを鷲掴みにされ、ぎゅっと押し付けられているようだ。頭の奥では〝ブルーノと悟司を殺せ〟という声がどこからともなく聞こえてくる。高は我が耳を疑ったが、その声は間違いなく高の脳内で鳴り響いている。

まずい……、そう思った時には高は自らの意志に反し、視線をブルーノと悟司の方へと向けていた。やめろ、そっちに向かってはいけない！　高は自分をコントロールしようと意識を集中させたが、身体は言うことを聞いてくれそうにない。

「ブルーノ！　悟司くん！　今すぐ僕から逃げて！」

高があらん限りの大声で叫ぶと、ブルーノと悟司が振り返った。

「高！　ドアが開いたぞ！」

視線の先には大きく開かれたドアの入口が高を待ち構えている。

「高！　何してる！　早く走れ！」

目の前ではブルーノと悟司が早く来いと手招きをしている。高はブルーノと悟司の方に向かって駆け出した。正気に戻れ、と必死で自分自身に言い聞かせたが、コントロールを失った肉体を止めることはできそうにない。

高はブルーノの右頬に狙いを定めると、その顔面に向かって思い切り拳を打ち付けた。唖然としたブルーノの顔が高の瞳の中で揺れる。やめろやめろやめろ……。高は必死に自分に言い聞かせたが、そのままブルーノの上に馬乗りになると、自らの拳を容赦なく振り下ろした。ブルーノは必死で身を庇うかのように腕を上げている。

「高さん！　やめて！」

悟司は高の身体を押さえつけようとしたが、制御の効かなくなった高を止めることは到底できそうにない。高は悟司の身体を振り払うと、今度は悟司の腹を目がけて蹴りを入れた。低い呻き声と共に悟司が背後で崩れ落ちる。

「いい眺めだな」

背後では嬉々として喜ぶ張の甲高い笑い声が聞こえてきた。恐らく悪魔が存在するとすればこのような声色なのだろう。

高はもう一度ゆっくりと腕を上げると、ブルーノの心臓に焦点を当てた。この拳を振り下ろしてはいけないと分かっているものの、頭の奥では〝殺せ〟という命令が間断なく聞こえてくる。悟司とブルーノは幼少期から一人孤独に耐え抜いてきた自分に初めてできた〝仲間〟と呼べる大切な存在だ。そんな2人を自分は殺そうとしているのか……。高は震える自分の拳を、絶望の眼差しで見つめた。

もうダメだ……。そう思い拳を振り下ろそうとした瞬間、頭の中で何かが弾け飛ぶような感覚を覚え、高の身体は後ろに反り返った。よろけそうになるのを何とか堪えながら視線を戻すと、頭の中で鳴り響いていた声が消えている。激しい頭痛は跡形もなく消え去り、先ほどと違って頭の中は驚くほどにクリアだ。

いったい何が起こったのだろうかと周囲を見渡すと、悟司が地面に這いつくばって張の両足を掴んでいるのが目に飛び込んできた。

「高さん！　ブルーノと杏さんを助けに行って」

張は全身を小刻みに震わせたまま空の一点を見つめており、まるで機械じかけの人形にでもなったかのように口をパクパクと動かしている。その異様な光景に高は思わず固まった。

「何したの？」

「一時的に張の意識に入り込んだ……」

「大丈夫なの？」

「僕は大丈夫だから！　早く行って！」

高は座り込んでいるブルーノの肩を自分の肩に回すと、その上体を素早く起こさせた。

「ブルーノ、ごめんね。立てる？」

ブルーノは顔を歪めながら、ふらふらとした足取りで立ち上がった。

「正気に戻ったか？」

「何とか。でも悟司くんが……」

「恐らく悟司は張の意識下に入り込み、お前の洗脳を解いた。だとすると、今2人の意識はせめぎ合っている状態かもしれない」

高はブルーノの言葉に、言いようのない不安を覚えた。自分にかけられた催眠術の強さからも、張の能力がかなり高いことは間違いない。脳内に助けを求める悟司の叫び声が聞こえたような気がしたが、高は必死でその声を頭から振り払った。今は前に進まなければいけない。高は必死でそう自分に言い聞かせると、開かれたドアの方へと向かった。


ドアを抜けてしばらく廊下を進むと、両側に研究室と思われるガラス張りの部屋が現れた。右手の部屋に視線を移すと青白い蛍光灯に照らされた室内には実験機器などが置かれており、ブースごとに分けられた状態で小さなテーブルや椅子が並べられている。各個人が研究に没頭できるような造りになっているのだろう。

高はしばし足を止め、部屋を見渡した。

「高、早く行くぞ」

ブルーノに促されてその場を離れようとした矢先、業務用冷蔵庫のような形の飼育ゲージが目に飛び込んできた。中では10匹近くのマウスがカタカタと音を立て、ゲージ内を動き回っている。

「ブルーノ、あれ見てよ」

「何だ？　ただの実験用のマウスじゃないのか？」

「ほら、その中に1匹だけ……」

高は信じられないといった顔つきで、1匹のマウスを指さした。そのマウスは重力を無視し、天井を縦横無尽に駆け回っている。ブルーノもガラス窓に近寄ると、そのネズミの動きを食い入るように見つめた。

「何だ、あれは……」

「もしかして〝アカルデミノ〟が投与されてるんじゃないかな？」

高の言葉に、ブルーノも小さく頷いた。

「そうだろうな。ここで〝アカルデミノ〟に関する研究が行われていたことは間違いない」

「中に入れないかな？」

高は研究室の扉を開けようとしたが、どうやら鍵がかかっているらしい。扉は押しても引いてもビクともしない。

「今は先に進むぞ」

高はブルーノの言葉に頷くと、後ろ髪を引かれる思いでその場を後にした。


廊下の突き当たりまでくると、高とブルーノは顔を見合わせた。そこには白い壁があるだけで、部屋と呼べるものは存在しない。ブルーノは手にしていた見取り図を広げると、唸り声を上げた。

「おかしいな……。見取り図上ではここなんだが」

「壁の向こうに部屋があるってことじゃないの？」

「それにしたって入口がないんだぞ？　本当に部屋なのか？」

ブルーノの言葉を確かめるかのように高が壁に手を置いた瞬間、ガガガという音を立てて目の前の壁が反転し始めた。

「ブルーノ見て！　壁が開いてく！」

「重心をかけると開くようになっているのか。忍者のからくり屋敷みたいだな」

ブルーノは感心した様子でゆっくりと反転する壁を見つめている。

しばらくして回転の音が止まると、2人の目の前に部屋へ続く入口が現れた。真っ暗な入口は高に向けて〝早く来い〟と手招きしているかのように、その口を大きく開いている。

この部屋の中に本当に宮本杏がいるのだろうか……。高は期待と不安を感じながらも、部屋の中へと一歩を踏み入れたが、次の瞬間、ツンとした刺激臭が壁の向こうから襲いかかってきた。あまりの強烈な匂いに、頭がおかしくなりそうだ。

「何だ、この匂い……」

ブルーノも下を向き、ゲホゲホと咳き込んでいる。

「アンモニアのような匂いだね」

「タクシーの運転手が言ってた匂いって、これじゃないか？」

ブルーノの言葉に、高は深く頷いた。やはりこの部屋に何か〝ある〟ことは間違いないだろう。光が遮断された部屋は闇に包まれている。高は壁を伝いながら、一歩一歩慎重に前へと進んでいった。壁のどこかに部屋の電源スイッチがあるはずだ。

その時、後ろを歩くブルーノがピタリと足を止めた。

「何か聞こえないか？」

ブルーノの上擦った声に重なるように、前方からは息遣いのようなものが聞こえてくる。しかも一人ではない……。部屋の至るところから聞こえてくる息遣いはスーハーと規則正しい呼吸音を奏でながら、幾重にも折り重なって聞こえてきた。高はすべての音を聞き漏らさないつもりで、じっと耳を澄ました。

「僕たちの他にも誰かいるね。しかもかなりの数」

次の瞬間、壁を伝っていた高の手に何か固いものが触れた。恐らくこれが電源スイッチなのだろう。いったいこの部屋には何が〝いる〟のだろうか。全身に未知への恐怖が駆け巡ったが、高は意を決してスイッチを押した。

天井に備え付けられていた直管型の蛍光灯が次々に点くと、真っ暗だった部屋が一転し、真昼のように明るくなった。突然の眩しさは平衡感覚を狂わせる。高は一瞬目を瞑ったものの、よろめきながらゆっくりと目を開いた。

「何だ、これは……」

高は自分の目の前に広がる光景に、しばし言葉を失った。状況が理解できず、思うように思考が働かない。抑えがたい恐怖が全身の皮膚を暴風のように駆け巡った後、高は歯の一枚一枚がカチカチと打ち合うのを止めることができなくなっていた。


動くものの影さえ見当たらない荒涼とした砂漠地帯を、瞬とエマは小型の電動カートに乗って見渡していた。辺りは乾燥したからっとした空気に包まれているものの、日陰の一切ない砂漠地帯には上からも下からも容赦なく灼熱の太陽が照り付けている。

「乾燥したサウナの中にいるみたいだな……」

瞬は大粒の汗を手で拭うと、顔をしかめた。さすがのエマもこの暑さは堪えるのか、黒いベールに覆われた顔は終始無表情だ。

「鳴沙山ってこと以外に、何か手がかりはないのか？」

「ないわ」

エマはその細い腕でハンドルを握りしめ、アクセルを吹かしている。特殊なタイヤで走行しているものの、タイヤは今にも砂に埋まりそうだ。

早く何か手がかりを見つけなければ……。瞬は焦る気持ちを抑えながら辺りを見渡したが、周囲には広大な砂漠が広がるばかりで、建物の類は見られない。

「なぁ……。研究所がこの砂漠の地下にあるってのは考えられないか？」

瞬の言葉に、エマは興味深そうな視線をよこした。

「あなたもそう思う？」

「ああ、それ以外考えられない」

「そうだとしたら、それこそ残念な話ね」

「なぜ？」

「この鳴沙山は広大な砂漠地帯よ。そのどこかにあるっていったって、手がかりを探しているだけで恐ろしいほどの時間と労力が費やされるわ」

確かにエマの言うように、この砂の下に研究所があるとしても建物の場所はおろか、入口の場所さえ見つけるのにいったいどれほどの時間がかかるのだろうか。

瞬は思わず深いため息をついた。

「シンガポールでの皆既日食もあと数時間に迫っている。俺たちももたもたしていたら、それこそかなりの時間ロスになりかねない」

「皆既日食は何時からだったかしら？」

「9時22分だ」

「今は？」

「8時5分」

「あと1時間30分もないってところね」

エマはピンヒールのつま先でブレーキを踏むと、車を停車させた。

「どうするつもりだ？」

「このまま車に乗っていても手がかりは見つからない。歩いて手がかりを探すしかないわ」

エマはそう言うと、車から降りて周囲を見渡した。

「歩いて？　本気で言っているのか？」

「ひとまずあそこの頂上まで登りましょう。この車じゃ登れないわ」

エマの指す方向には、小高い砂山がいくつか連なっている。

「ここから歩くにしても時間がかかりそうだな」

瞬の言葉に、エマは怪訝そうな表情を浮かべた。

「何を言っているの？　あなたが能力を使えば済む話じゃない」

「砂の上で……？」

「どこだって同じよ。あなたの能力ならば水の上だって歩くことができるわ」

「エマはどうする？　俺だけ移動できたって……」

「心配には及ばないわ」

エマはピンヒールを脱いでスニーカーに履き替えると、瞬の肩に腕を回した。

「あなたが私を背負って移動すればいいだけの話よ」

「俺が……？　エマを？」

「ええ、私を抱えて移動するくらい簡単なことでしょ？」

エマはそう言うと、瞬の背中に体重を乗せた。汗と香水の混ざった匂いがふわりと鼻孔をくすぐると同時に、柔らかい乳房の感触が背中を通して伝わってくる。昨夜、なまじっか裸を見てしまっている分、瞬は思わず赤くなった。

「あら？　照れているの？」

瞬の反応をからかうかのように、エマは楽しそうに笑った。

「茶化すなら俺一人で行く」

瞬はエマの腕を振りほどくと、エマに背を向け一人砂山へ向かい歩き出した。

「ねぇ、死ぬのは怖い？」

ふいに背後から、エマの真剣な声が聞こえた。瞬が振り返ると、エマはいつもの強気な感じとは異なり、弱々しい眼差しを瞬に向けている。

「急にどうした？」

「聞いてみたくて」

エマの問いかけに、瞬は口籠もった。思えば常に死は身近にあった。誰かの死を目の当たりにする度に〝死にたい〟という気持ちは強くなっていったような気もするが、いざ死が目の前に近づくと、自らが生を渇望していることを強烈に感じる。相反する不思議な感情の狭間で、自分は説明できない〝何か〟によって生かされていた。

「俺は……生きたい」

瞬はしばらく考えた後、初めて自らの願望を口にした。自分がこの世に恐ろしいほどの未練を抱えているということに改めて気づかされる。

そうか、俺は生きたかったのか……。瞬は意外な発見をしたかのような口調で、小さく呟いた。

エマは瞬の心を見透かしたように、小さな声で笑った。

「自分の気持ちを再確認するって大事な作業よね」

「エマは死にたい？」

自分でもバカな質問だと思ったが、なぜか聞かずにはいられなかった。エマが今、何を考えているのか知りたい。

切なさに似た感情が心の奥底から湧き起こってくるのを感じ、瞬は思わず顔を赤らめた。

エマは無言で瞬を見つめていたが、ふと笑顔を作った。風の中で、まるで時間が止まったかのように微笑むエマの顔は、悲しく美しかった。

「私はね、元々は自らの意志で組織に入ったの。10歳の頃に父と母をテロで亡くし、そこから人間を恨むようになったわ。バカで愚かで何も学ばない人間をね。その時たまたま出会ったのが戸隠だった。戸隠は私に下等な人間を支配する〝新人類〟を生み出すことの重要性を説き、私はそれに心酔した」

初めて聞くエマの過去に、瞬は口籠った。戸隠は心にトラウマを背負った少年少女の心を自らの私利私欲のために利用し、洗脳したのだ。再び瞬の胸の中に言いようのない怒りが湧いてきた。

「でもね、戸隠には感謝している部分もあるのよ。私に高度な能力を与えてくれたのだから」

「……感謝？」

「あなたは自分の能力に満足していないの？」

思いもかけぬエマの言葉に、瞬は思わず言葉を詰まらせた。俺は自分の能力に満足しているのだろうか。瞬は自分の心に問いかけてみたが、その答えはすぐに出そうにない。もし戸隠に出会わなかったら自分にはいったいどのような人生が待っていたのだろうか。普通の青年としてこの世界で普通の生活を営むことができたのだろうか。

そう思うと、あたりまえの日常が尊いものに思えて仕方がない。

「分からない。幸せが何なのかもよく分からないよ」

「私の幸せは武蔵に必要とされたことよ。さっきの質問だけど、私は早くこの世界から旅立ちたい……。あの世には武蔵がいるから」

瞬はエマの肩が小刻みに震えているのが分かった。エマもこの世界で自分を必要とされたかったのだろう。それがたとえ戸隠から与えられた特殊能力であったとしても、誰かに必要とされるのであればそれはエマにとっての幸せだったのだ。

瞬はそっとエマの肩を自分の元へと引き寄せた。

「そんなこと言うなよ。俺はエマを必要としてる」

「ありがとう。嘘でも嬉しいわ」

瞬は地平線の見える広大な空を見上げた。空には生命力に満ち溢れた太陽が、瞬とエマを照らしている。瞬は初めて、この女を守りたいと心から思った。

その時、ふいにエマが短い叫び声を上げた。

「ねぇ、あそこを見て！」

慌ててエマの指さす先に視線を向けると、砂漠の中にぽつんと浮かぶ塔のような中国風の建造物と三日月型の湖が見える。

「砂漠の真ん中に湖がある……」

「昔聞いたことがあるわ。鳴沙山の砂漠の中に、月牙泉と呼ばれるオアシスのような場所があるって。横にあるのはシルクロード時代の楼閣を復元した建物のようね」

瞬は目の前に広がる神秘的な光景に思わず心を奪われた。美しく透明な湖は、太陽の光を反射しキラキラとした小粒のダイアモンドのような光を周囲にまき散らしている。

まるで宝石箱のような湖を前に、瞬はしばし言葉を失った。

エマは何かを考え込むように、じっと湖の一点を見つめている。

「あそこに湖があるってことは、あの地下に水脈が通っているかもしれない」

「それがどうしたんだ？」

「鳴沙山のどこかに研究所があるとすれば、必ず水源は必要になってくる。そう考えるとあそこはうってつけの場所だわ」

「とりあえず行ってみるしかなさそうだな」

「ちょっと待って……」

エマは歩き出そうとする瞬の行く手を阻んだ。

「どうした？」

「楼閣の入口に人がいる」

瞬は目を凝らして楼閣の周囲を見渡してみたものの、人影はおろか、動いているものすら識別できそうにない。

「観光客とかじゃないのか？」

「違う。観光客なんかじゃないわ」

「どうして分かる？」

「砂避けのカバーを履いていないし、全員耳元にイヤホンのようなものを装着している。研究所の人間じゃないかしら？」

「ってことは……」

「ええ。あの付近に地下に繋がる入口があるのは間違いなさそうね」

「何人いる？」

「見た限りでは5人かしら」

エマの言葉に瞬は軽く舌打ちをした。入口付近に5人も見張りがいるとしたら、正面から侵入するのは難しいだろう。それに戸隠の手下ともなれば、自分たちと同じように〝アカルデミノ〟を投与された能力者である可能性も高い。

迂闊に近寄ることのできない状況に、瞬は思わず歯ぎしりをした。

「どうすればいい」

「他の入口から行くしかないわね」

「他に入口なんてあるのか？」

「月牙泉よ」

瞬は遠くに見える湖をじっと見つめた。

「潜るってことか？」

「ええ。そういうことになるわね」

「もし何もなかったら、それこそ見張りの目に留まるぞ」

「必ずあの下には〝何か〟ある」

「なんでそう言いきれるんだよ」

「だって音がするもの」

「音？」

「さっきから空気の通るような音が聞こえる」

エマは真剣な表情でじっと水面に目を向けている。

「本当エマの能力はすごいよな。俺には何も聞こえない……」

「私はあなたみたいに速く動くことができないわ」

エマは瞬の方へ顔を向けると、形の良い唇を綻ばせた。

「行きましょう」

瞬は頷くと、エマと共に砂地を下った。

月牙泉に到着すると、瞬とエマは周囲に警戒しながら湖の周囲を見て回った。辺りには水草が生い茂り、水面には目の前にそびえ立つ楼閣が映り込んでいる。

見張りの人間に見つからないよう、瞬とエマは腰をかがめて水面へと近づいた。湖の水は思ったよりも透明で、飲むことさえできそうだ。瞬は両手で水を掬うとそれを口に含ませた。

「うん。飲めるぞ」

エマも瞬と同じように両手で水を掬うと、ペロッと舐めた。

「人工的にろ過されているわね」

人工的、という言葉に瞬は思わず表情を強張らせた。ということは、やはりこの下に何らかの施設があるのは間違いなさそうだ。

瞬は水中でゆらゆらと揺れている水草をじっと見つめた。見た限り水深は深くなさそうだが、いったいこの下はどうなっているのだろうか。泳ぎにはある程度自信があるが、潜っていられるのには限界がある。狙いを定めて潜らなければ命とりになるだろう。

「エマ、さっき聞こえた空気の通る音ってのは、どの辺から聞こえるんだ？」

エマは目を閉じ、全神経を耳に集中させている。いったい今、エマの耳にはどんな音が聞こえているのだろうか。瞬は真剣なエマの横顔をじっと見つめた。

しばらくして目を開けたエマは、湖の一点を指さした。

「あの辺りよ」

エマの指さす方向に視線を向けると、湖面には小さな気泡が生じている。

「分かった。俺が見てくるから、エマはここで待っていろ」

瞬は着ていたTシャツを脱ぐと、湖へ入った。水自体は意外と生温かく、水深は恐らく5mほどであろう。比較的浅い湖であることが分かり幾分ほっとしたものの、水面に浮いている水草が瞬の行く手を阻むかのように絡みついてくる。なかなか前へ進むことのできない状況に瞬は苛立った。

その時、瞬の視界にエマの背後から近づく男の姿が目に入った。エマは男には気づいていないのか、瞬の方に視線を向けている。

「エマ！　後ろ！」

瞬の叫び声に気づき、エマが背後を振り返るやいなや草の影に隠れていた男たちが次々とエマに向かって襲いかかってきた。その俊敏な身のこなしからも、恐らく高度な訓練を受けてきたのであろう。捕まったら確実に殺される。

瞬はエマに向けて大きな叫び声を上げた。

「エマ、飛び込め！」

エマは履いていたスニーカーを脱ぎ捨てると、素早く湖の中に飛び込んだ。男たちも水しぶきをあげながらエマの後を追いかけてくる。エマが瞬の元へ到着した時には、男たちは2人のすぐ傍まで迫ってきていた。どうやら迷っている暇はなさそうだ。

瞬は、大きく息を吸い込むと身体を湖の中に潜らせた。水草を手で掻き分けながら視線を底に向けるが、何も変わったものはありそうにない。ただの砂底が広がっているだけだった。

瞬は水面から顔を出すと、大きく息を吸った。もう目と鼻の先まで男たちが迫ってきている。

「ダメだ！　入口なんてない！」

諦めかけたその時、瞬はつま先辺りの水温が急激に低下しているのを感じ、身体をビクッと震わせた。下から何か冷気のようなものが出ている。なぜこの場所だけピンポイントで冷たいのだろうか。

瞬は、再び水中へと身体を潜らせた。どんな小さなものでも見逃してはいけない……。自分に言い聞かせるように水中を見回していると、黒いボタンのようなものがひっそりと砂底から顔を出していることに気が付いた。これだ！　瞬は思わず心臓が高鳴るのを感じた。そのボタンは明らかに人工的なものであり、〝何か〟を起動させるために取り付けられたことは明白である。

瞬はボタンの上に人差し指を置くと、そのスイッチを強く押した。


高は目の前に広がる光景を前に、しばし呆然と立ちすくんでいた。

その部屋は無限の広がりを想起させるほどに広大であり、部屋の中央には５ｍはあろう巨大な正方形のカプセルが置かれている。さらに異様なことに、その周りを取り囲むかのように等身大のカプセルが等間隔で置かれている。カプセルの中では、一糸纏わぬ姿の少年少女たちが高とブルーノをじっと見つめていた。

高はカプセルの一つに近づくと、滑らかな表面にそっと手を当てた。カプセルの中には乳白色の液体が入れられており、中では美しい少女が背中を丸めた状態で虚ろな眼差しを向けている。少女は規則的に胸を上下させ、静かに息をし続けていた。

「どういうこと……？」

「見た限り、特殊な溶液に入れられているみたいだな」

高はカプセルの中で新生児のように身を丸めている少女をじっと見つめた。目は開いているものの、そこから意志のようなものを感じ取ることはできない。少女は、ただそこに存在するだけの〝物体〟に成り果てていた。君はどうしてここにいるの？　高はカプセルの中の少女に問いかけてみたが、返事は期待できそうにない。その代わりプスー、プスーという人工呼吸器の音だけが静かに部屋に響き渡っていた。

「なぁ、中央のカプセルには誰も入っていないみたいだぞ」

ブルーノの言葉に、高は顔を上げた。確かにひと際巨大なカプセルの中には誰も入っていないようだ。まさかあの中に宮本杏が入れられる予定なのではないか……。そう思った矢先、背後から足音が聞こえてきた。

「助けに来てくれて嬉しい」

若い女性の声に驚いて振り返ると、目鼻立ちの整った美しい少女が笑顔を浮かべて立っている。瞬にそっくりな顔立ちから、高はすぐこの少女が宮本杏だと直感した。白いノースリーブのワンピースからは青白く華奢な腕が伸びており、足元は裸足だ。その異様な出で立ちに一瞬ぎょっとしたものの、高はすぐに杏の元へと駆け寄った。

「よかった！　無事だったんだね」

杏は青白い唇をふっと綻ばせると、その大きな瞳で高とブルーノをじっと見つめた。

「遅かったから待ちくたびれちゃった」

「ごめん。でも間に合ってよかった……！」

杏の言葉に若干の違和感を覚えたものの、高はすぐにその違和感を脇へと押しやった。今は一刻も早く杏を連れてこの建物から脱出しなければならない。

高は杏の腕を強く掴むと、入口を指さした。

「早く逃げよう」

「嫌っ！」

杏は高の手を振り払うと、火のついたように大声で笑い出した。

「ごめんね。せっかく助けに来てくれたのに。でも、まだ私は帰れないし、おにいちゃんたちを帰すわけにはいかないんだ」

しまった……。高が心の中で呟いたその時、背後の壁がゴゴゴという激しい音を立てながら動き始めた。壁は回転しながら、先ほどまで開いていた入口を閉じようとしている。

「ブルーノ！　入口が閉まる！」

高とブルーノは入口に向かって同時に駆け出したが、あと一歩のところで壁の回転はピタリと止み、先ほどまで開いていた入口は綺麗さっぱり消え去ってしまった。蹴りを入れてみても、もちろんビクともしない。

杏はその様子を見ながら、無邪気な笑い声を立てている。瞳孔の開いた目は左右にきょろきょろと揺れており、口元を引きつらせただけの笑顔はまるで機械人形のようだ。

高は杏の方へ向き直ると、その瞳をじっと見つめた。

「ねぇ、杏ちゃん。どういうことか説明してくれない？」

「あのね、おにいちゃんたちにもカプセルの中に入ってもらいたいんだ」

杏はおねだりをするかのように首を傾げると、部屋の隅にある空のカプセルを指さした。カプセルの入口ドアは蓋を開けたように上へと開かれており、高たちが入ってくるのを今か今かと待ち構えているようだ。

「あのカプセルは何？」

「ヘリミナルっていう液体が入った酸素カプセルだよ！」

「呼吸はできるの？」

「できるよ！　カプセルの中はすっごく温かくて気持ち良いんだ。まるでお母さんのお腹の中みたいにね」

高は今一度球体のカプセルに視線を向けた。恐らくヘリミナルは、液体呼吸を可能にする特殊な水なのだろう。ふと高の頭の中に、母親の羊水の中に浮かぶ新生児の姿が思い浮かんだ。

「僕たちを中に入れてどうするつもり？」

杏はクックッと喉の奥から押し出されるような声で笑った。

「あの中に入ると〝アカルデミノ〟を最大値まで増殖させることができるの！　そうすると脳の稼働領域を増やせるから、その空いた部分に他人の意識を取り込むことができるんだよ！　おにいちゃんたちにも手伝ってもらうからね」

「手伝う？　何を？」

「集団催眠に決まってるでしょ！　杏だけじゃちょっと不安だからね。さ、早くカプセルに入って！　もうすぐ皆既日食が始まっちゃうよぉ」

もうすぐ……？　高は杏の言葉に一瞬耳を疑ったが、慌てて腕時計に視線を向けると、腕時計の針は9時12分を指している。しまった……。高は心の中で悔やんだ。光の入らない室内にいたため、すっかり時間のことを失念してしまっていた。

「ブルーノ！　皆既日食まで、あと10分しかない」

高は隣で青ざめた表情を浮かべているブルーノに詰め寄った。

「ねぇ……。早くしてほしいんだけど？」

杏は相変わらず無邪気な笑いを浮かべているが、その顔は徐々に強張ってきている。

「嫌だって言ったらどうするの？」

高は鋭い視線を杏に向けた。瞬の妹に危害を加えるわけにはいかないが、かといってみすみすカプセルの中に入れられるわけにはいかない。

「そんなこと言われたら、杏悲しいなぁ」

杏は文句を言うかのような口調で口を尖らせていたが、次の瞬間カッと目を見開くと、目にも止まらぬスピードで高とブルーノの元へと走ってきた。速い……！　高は慌てて後ろへ下がったが、杏は両手で高とブルーノの腕を掴むと、そのまま2人の身体を持ち上げ、壁へと投げ飛ばした。強い衝撃が背中に走る。脳が激しく揺れる。視界はぼやけ、身体中から汗が噴き出してくる。気づけば高は脱力した状態で壁を背に座り込んでいた。隣ではブルーノも腹を抱えて呻き声を漏らしている。いったいこの細身の少女のどこから、これほどまでの力が出てくるのだろうか。

「杏ちゃん、僕たちは君を傷つけたくないんだ……」

高は肩で大きく息をしながら、声を絞り出した。

「それは杏だって同じだよ」

次の瞬間、高の身体はふわりと宙に浮かび上がった。まさか……と思った時にはすでに身体はコンクリートの床に叩きつけられ、目の前には笑顔で微笑む杏が馬乗りになっている。いつ攻撃されたかも分からないほどのスピードに、高は思わず唸り声を上げた。向こうがそのつもりなら、こちらも本気にならなければやられてしまう。

高は杏を突き飛ばすと、目の色をブラックからグレーへと変化させた。

「やっと本気になってくれるのね」

杏は身体をくるっと回転させると高の視界から消えた。視線を360度巡らせたが、杏の姿は見えない。どこに消えた……？　高は神経を集中させ、杏がどこから現れるのかを瞬時に計算した。上だ！　パッと天井に目を向けた瞬間、天井からナイフを手に持った杏が飛びかかってきた。シュッという空気を切る音と同時に頬に微かな痛みが走る。間一髪で避けられたものの、頬からはすーっと血が流れ出ていた。

「すごーい！　避けられるんだぁ」

目の前では杏が自分の身体の一部であるかのように、ナイフをくるくると回している。その見事なまでの手さばきに、高は動きを止めた。下手に動くとまたナイフが自分の身体を傷つけることになるだろう。

杏はさっと視線を高からブルーノに向けると、にっこりと笑みを浮かべた。しまった……。そっちに行くつもりか！

「ブルーノ！　逃げて！」

ブルーノは素早くその場から立ち上がろうとしたが、杏は素早くブルーノの背後に回るとその喉元にナイフを当てた。ブルーノは、青ざめた顔で動きを止めている。

「ダメダメ！　逃げないで」

「杏ちゃん……。お願いだからやめて」

「じゃあ早くカプセルの中に入って。あと30秒以内に入ってくれないなら、このおにいちゃん殺すから」

杏はそう言うと、ブルーノの喉にナイフを押し当てた。肉に食い込んだナイフは、今にもブルーノの喉を切り裂きそうな状況だ。

「イーチ、ニーィ、サーン、シーィ……」

仄暗い部屋の中で杏の声が不気味に響き渡り始めた。カプセルに入らなければ杏は躊躇なくブルーノの喉を切り裂くだろう。

高はカプセルに目を向けると、ゆっくりと歩き出した。せめて時間稼ぎをして、杏に隙ができる瞬間を見つけなくてはならない。

「ジュウイチー、ジュウニー……」

背後から聞こえる声は次第に大きくなってゆく。高は目的のカプセルの前へ到着すると、杏の方に目を向けた。

「中に入ればいいのか？」

「ニジュウゴー、ニジュウローク……」

杏は高の質問には答えず、ブルーノの喉元にナイフを当てたままカウントダウンを口にしている。その表情からは一切の迷いや隙は見られそうにない。どうやら自分はこの中に入るしかなさそうだ。

「サンジュ……」

杏が言い終わらないうちに、高は意を決した様子でカプセルの中へと足を踏み入れたが、次の瞬間プシューという音と共に入口が閉まり、高はカプセル内に閉じ込められた。ドアを蹴ってみたが予想通りビクともしない。中は身動きできないほどの狭さであり、上部にはホースのようなものが取り付けられている。ホースからは脳天を突き刺すほどの腐敗臭と共に、乳白色の液体がポタポタとこぼれ落ちてくる。恐らくこの液体がヘリミナルなのだろう。高の本能がこの液体に触れてはいけない、と必死で叫んでいたが、狭いカプセル内ではこの液体から逃れるのは難しそうだ。

杏は高が入ったことを見届けると、満足そうに頷いた。

「じゃあ、もじゃもじゃのおにいちゃんも入ってね」

抵抗しても無駄だと悟ったのか、ブルーノも高の隣に置かれたカプセルへと足を踏み入れた。

もはやこの状況で脱出することは不可能だろう。隣のカプセルがプシューという音を立てて閉まる音を、高は絶望の面持ちで聞いていた。


水中の砂が渦を巻きながら、静かに飲み込まれていく。

瞬は目の前の光景を驚きの表情で見つめていた。10秒ほどしてある程度の砂が吸い込まれると、その下からは2m×2mほどの穴の開いたパイプが現れた。その穴は冷気を放ちながら、恐ろしいほどの吸引力で湖の水を吸い込んでいる。

「何だ……。この穴は」

「水が吸い込まれているってことは、恐らくこの下に貯水槽のような空間が広がっている可能性が高いわね」

どこまで深く繋がっているのか検討もつかない穴を前に、瞬は思わずごくりと息を飲み込んだ。迫りくる追手との距離はあと3mほどに迫っている。命の保証はないが、恐らく自分たちが侵入できるルートがあるとすればやはりここ以外にないだろう。

瞬は決意のこもった眼差しをエマに向けると、片手を差し出した。

「行くぞ」

エマは手を差し出しながら、軽い微笑を瞬に向けている。それはいつものように冷たい笑みではなく、優しく好意的なものだった。

「ついていくわ」

エマの言葉に、瞬は覚悟を決めた。穴はゴウゴウという音を立てながら、あらゆるものを吸い込もうとしている。

瞬はエマの手を固く握りしめると、穴の中へと身を投じ入れた。


凄まじい水圧にもみくちゃにされながら、瞬はエマの手を引きながら必死に手足を動かした。1秒なのか、1分なのか、それとも1時間なのか……。いったいどれほどの時間が経ったのかさえ分からない。もはや瞬の感じる時間の概念はめちゃくちゃだった。瞬の手をしっかりと握っていたエマの力も次第に弱まり、エマが体力的に限界を迎えようとしていることはもはや明白である。お願いだ、どうか空間があるのなら、そろそろ俺たちの前に姿を見せてくれ。

瞬が祈るような気持ちで下へ下へと進んでいたその時、急に瞬とエマの身体は空中へと投げ出された。

それはまさに一瞬の出来事だった。空中へ投げ出された瞬とエマの身体は、放流された水と共に真っ逆さまに落ちてゆき、ドボンという音と共に再び水中へと落ちた。

瞬は水中でもがきながら何とか身体を浮かび上がらせると、必死に空気を吸い込んだ。エマはどこだ？　周囲を見渡してみるものの、エマの姿は見当たらない。どこだ……。どこにいる？

逸る気持ちを抑えながら再び水中へ潜ると、視界の端にキラリと光る金属製のものが漂っているのが目に入った。

「エマ！」

それはエマの首にかけられていたダイアモンドのネックレスだった。ぐったりとしたエマの首元で静かにネックレスは揺れている。瞬はエマの上体を抱えて上へと引き上げると、必死にその細い身体を揺すった。

「大丈夫か？　しっかりしろ」

エマの顔は蒼白であり息は絶え絶えの状態である。

お願いだ……。目を開けてくれ。瞬が祈るような気持ちでエマの顔を両手で包み込むと、その大きな瞳がゆっくりと開かれた。

「大丈夫よ」

「俺の心臓が止まるかと思ったよ」

エマは何度か深呼吸をした後、ようやく落ち着きを取り戻したかのように周囲を見渡した。

「やっぱり巨大な貯水槽があったのね」

エマの言葉で、瞬は初めて自分たちが巨大な貯水槽の中にいることに気が付いた。ざっと見ただけでも小学校の体育館ほどの面積はあるだろうか。周囲は球体のような丸い壁で覆われ、上部に備え付けられた剥き出しのパイプからは大量の水が放出されている。恐らくあの穴からこの貯水槽へと投げ出されたのだろう。

「ここに水が張ってなかったらヤバかったな」

「そうね。地面に叩きつけられて死ぬのは嫌ね」

ふと脳裏に、空の金魚鉢の中で口をパクパク開けながら狂ったように飛び跳ねている2匹の金魚の姿が浮かんだが、瞬はすぐにそのイメージを頭から振り払った。

瞬は視線を巡らせ、自分たち以外の人間が貯水槽内にいないことを確認すると、ひとまず安堵のため息を漏らした。組織の人間といえども、さすがにあの中に飛び込む勇気はなかったのだろう。瞬は無鉄砲な自分たちの行動に思わず苦笑いを浮かべた。

「何を笑っているの？」

「いや、さすがにここまではあいつらも追いかけては来ないよなぁと思って」

「楽観視するのは禁物よ。恐らく私たちがここに侵入したことはすでに報告が上がっているはずだわ。ぼやぼやしていたらすぐに捕まってしまう」

「建物内へ通じる入口はないのかな？」

「あそこは違うかしら？」

エマの指さす方向に視線を向けると、水の中から梯《はしご》が垂直に伸びているのが目についた。梯は５ｍほどの高さまでいったところで中に入り込んでおり、どうやらその辺りに建物内へ通じる入口がありそうだ。

「先に行って様子を見てくる」

瞬は泳いで目的の場所まで向かうと、ひんやりとした鉄の梯に手をかけた。下から見上げると結構な高さであることが分かる。一瞬足がすくんだものの、瞬はすぐに手をかけて梯を登り始めた。

５ｍほどの高さまで登りきると、目の前には壁と同色のドアが現れた。身体の色を変えて背景と同化するカメレオンのように、そのドアは存在感を消し去っている。

鍵がかかっていませんように……。祈るような気持ちで、梯の上でバランスを取りながらドアノブに手を当てゆっくりと回すと、キキィと鈍い音を立てて錆びついたドアが開いた。

「良かった！　開いてる……」

ドアの内側は、思っていた通り建物内へと続く通路に繋がっている。瞬は下で待機していたエマに梯を登ってくるようにと手で合図をした。

エマはザバッと勢いよく水中から身体を出すと、水しぶきを四方にまき散らしながら梯を登ってきた。水を存分に吸った衣服は、身体のラインを強調するかのようにぺったりと張り付き、濡れた髪からは水が滴り落ちている。一足先に建物内へと入っていた瞬は、エマの身体に視線を向けないようにしながら手を差し伸べた。

「ほら、掴まれよ」

「ありがとう」

エマを建物内へと引き入れてドアを閉めると、瞬は真っ白な廊下を見渡した。黴臭い廊下では裸の豆電球が不気味な光を放っており、両側の壁には等間隔にドアが並んでいる。この光景を自分はどこかで見たことがある。

強烈な既視感を感じながら、瞬はドアの一つをじっと見つめた。

「似てるな……」

隣に立ったエマも、瞬の言葉に頷いた。

「そうね。私たちがいた研究所にそっくりだわ」

「でも研究所があった場所は日本のどっかの山奥だろ？　ここは中国の敦煌だ。いったいどういうことなんだ？」

「どうして研究所の場所が日本だと思うの？」

エマの言葉に、瞬はガツンと頭を殴られたかのような衝撃を覚えた。言われてみれば、日本の山奥に研究所があるというのはただの思い込みに過ぎない。小鳥のさえずり、川の流れる音……。すべてを実際に見たわけではないのだ。

「でも俺は歌舞伎町の入口で目が覚めたんだぞ？　敦煌から歌舞伎町まで、無意識のうちに移動したってことか？」

「ええ、そういうことみたいね」

「ってことは……」

「私たちは知らず知らずのうちに、元の場所まで戻ってきたってことよ」

瞬の脳裏に自分のすぐ後ろで微笑む戸隠の顔が浮かび上がってきた。幼少期の記憶が頭の中を駆け巡り、狂わしいほどの恐怖が全身を包み込んでゆく。自分は逃げられないのだ。

瞬は絶望的な表情で床の一点を見つめた。先ほどまでの気概は消え去り、身体から一気に力が抜けてゆく。できることなら今すぐこの場から逃げ出したいと瞬は切に願った。

「行きましょう。ここが私たちのいた研究所なら4階に研究室があるはずよ」

エマが腕に手をかけようとした瞬間、瞬はその手を乱暴に振り払った。手の震えをエマに気づかれないように、さっと後ろに回すと、瞬はエマから顔を背けた。戦意は削がれ、前へ進む気力などもはや残されていない。幼い頃、戸隠によって骨身に叩き込まれた苦痛の記憶が今になって自分を飲み込もうとしている。

「どうしたの？　行かないつもり？」

「行ったって無駄だよ」

「何言ってるの？　ここにいても殺されるだけよ」

「もう十分だよ……」

瞬はその場に座り込むと、膝を抱えて目を瞑った。自分を嘲笑うかのように、どこに行こうと、何をしようと〝影〟がついてくる。自分は決してその〝影〟から逃げることができないのだ。それならば運命を受け入れるしかないのではないか……。

頭上から大きなため息と共に、冷たい視線が降り注いできた。

「まさかこんな意気地なしだったとはね。私は先へ進むから、あなたはそこで一人殺される時を待っていればいいわ」

エマは瞬に背中を向けるとその場を去っていった。

遠ざかってゆく足音をぼんやりと聞きながら、瞬は顔を上げた。そこにエマの姿はなく、静まり返った長い廊下だけが目の前に延びている。

「……エマ？」

瞬はゆっくりと腰を上げ、前方に延びる廊下に虚ろな視線を向けた。この短時間でエマはいったいどこに行ったのだろうか。上を見上げると、天井には防犯カメラが取り付けられており、赤いランプが点滅している。

どうせそのレンズの奥で俺たちの姿を見て笑っているんだろう？　瞬は半ばやけくそな気持ちでカメラを睨んだ。するとカメラがくるっと回転し、レンズの焦点が瞬に向けられた。やめろ！　こっちを見るな！　瞬が心の中で叫ぶやいなや、瞬の目に飛び込んできたのは、死んだはずの隆の姿だった。

自分は幻覚を見ているのだろうか。瞬は強く瞼をこすってみたが、隆の姿は消えそうにない。

隆は虚ろな眼差しで瞬をじっと見つめながら、口元を動かした。

「瞬くん、約束は？」

その言葉を聞いた瞬間、稲妻に打たれたかのような衝撃が瞬の全身に走った。

「違う……」

瞬は言い訳をする子供のように、気づけば必死で首を振っていた。確かに自分は隆に、未来を変えると約束した。だが、やはり自分の能力には限界があるのだ。初めから戸隠とは格が違うし、かつての師に歯向かうこと自体無謀だったのだ。

隆は澄んだ瞳を瞬に向けている。隆の視線が全身に突き刺さり、ちりちりと焼け付くような痛みに襲われた。

「僕は瞬くんを信じてる」

隆の言葉が巨大な重石のように圧し掛かってきた後、瞬の心の中に、かつての思いが駆け巡った。自分は母を、妹を、奈美子を、そしてこの世界を救うことができるのだろうか。瞬は今一度自分の胸に問いかけた。

瞬は片手をゆっくりと心臓へと持っていった。ドクンドクンという規則正しい音が手の平全体に伝わってくる。それは自分がまだ生きていることを如実に示していた。

先ほどエマに向かって言った〝生きたい〟という言葉が思い出される。

まだ諦めるわけにはいかない。瞬は息を整えると顔を上げた。ここで諦めたら俺は、自分自身をも〝殺す〟ことになるのだ。

瞬は首元で手印を結ぶと、真っすぐ正面を見据えた。


エレベーターホールに到着すると、2基並んでいるうちの1基のエレベーターの階数表示が点滅しているのが瞬の目に飛び込んできた。恐らくエマはエレベーターで4階に向かっているのだろう。

瞬はエレベーターホールの脇にある非常階段に視線を向けると、一気に階段を駆け上がっていった。

瞬が4階に到着するとエレベーターはまだ到着しておらず、機械音だけが薄暗いホールに響き渡っている。瞬は息を整えると、中からエマが出てくるのを待った。

チーンという音と共にエレベーターが開くと、中からエマが出てきた。エマは瞬に気づくとハッと息を飲み、驚いた様子でその場に立ちすくんでいる。

「びっくりさせないでよ……」

「ごめん。一緒にいこうと思って」

「行ったって無駄なんじゃなかったの？」

「気が変わったんだ」

エマは氷のように冷たい視線を瞬に向けたが、瞬は視線を逸らさず、真っすぐにエマを見つめ返した。周囲は不気味なほどの静寂に包まれている。

「私は一度でも弱音を吐いた男を信用しないの」

エマは冷たく言い放つと、くるりと瞬に背を向けて歩き出した。

「エマ！　ちょっと待てよ」

瞬が慌てて後を追いかけようとしたその時、エマは急に足を止めた。その顔は血が抜けたかのように真っ青だ。

「どうした？」

「ヘリミナルの匂いがする。それも尋常じゃない量の……」

瞬は事の重大さを実感するやいなや、恐怖に顔を引きつらせた。

「どこから匂うか分かるか？」

瞬が真剣な口調で尋ねると、エマはその美しい顔を正面に向けた。視線の先には長い渡り廊下が続いている。

「あの廊下の奥からよ」

く。

いったい戸隠はヘリミナルを利用して何をしようと企んでいるのだろうか。考えれば考えるほど最悪な状況しか浮かんでこず、頭の中には漠然とした不安が広がってゆく。

2人が渡り廊下の方に視線を向けていると、瞬の足元に微かな振動が走った。その振動は心なしか徐々に大きくなってゆく。

「なんだ、この揺れ……」

瞬の言葉に、エマはハッとした表情を浮かべた。

「誰か来るわ。足音が聞こえる！」

「ここにか？」

「ええ、早く隠れないと！」

瞬は辺りを見回したが、逃げ込めるような部屋など見当たらない。その間にも足音は瞬とエマのいる方へと徐々に大きくなってゆく。

今は考えている暇などない。瞬はエマを抱きかかえると、首元で手印を結び全速力で渡り廊下を駆け抜けた。周囲の景色が流れるように過ぎ去ってゆく。

「ちょっと！　下ろしなさい」

エマは瞬の肩の上で手足をジタバタさせながら必死に抵抗しようと試みている。瞬は鉄製の黒い扉の前で足を止めると、ゆっくりとエマを下ろした。

「急に暴れるのはやめろ。危ないだろ？」

「こんな奥まで来てどうしようって言うのよ……。これじゃあ袋のネズミじゃないの」

「どっちにしろ隠れる場所なんてない」

瞬はドアに近づくと、上から下までゆっくりと視線を這わせた。表面上の造りはかなり頑丈そうであり、ドアノブのようなものは見当たらない。

瞬が扉の前で考えあぐねていると、横にいたエマが小さな叫び声を上げた。

「ねぇ！　ここにパスワードを入力するんじゃないかしら？」

エマに言われた方向に視線を向けるとドアの横にはパスワードを入力する画面のようなものが表示されており、1～9までの数字が並んでいる。

「パスワード……。知っているか？」

「いいえ」

瞬は後ろを振り返り、先ほど自分たちが駆け抜けてきた渡り廊下を見た。地の底から響き渡るような無数の足音は、今にも瞬たちの元に迫ってこようとしている。

「急いで！　早く！」

切迫した様子のエマが瞬の肩を叩いた。

「分かってる……」

瞬は入力画面に適当な数字を入れていったものの、どの数字を入れてもエラー表示が点滅し、目の前の扉は開きそうにない。入力できる文字は3桁だ。いったい何の数字を入れれば目の前に鉄壁のごとく立ちはだかる扉は開くのだろうか。焦れば焦るほど手元の震えは大きくなり、額からは汗が滴り落ちてくる。

その時、壁の奥から聞き覚えのある女の泣き声が聞こえた気がした。

「なぁ……。中から声が聞こえないか？」

「私には聞こえないけど」

エマは戸惑った視線を瞬に向けた。エマに聞こえないとしたら、空耳なのだろうか。瞬はもう一度耳を澄ましてみたが、確かに女の悲痛な叫び声は自分に助けを求めている。その声の主に思い当たった瞬間、瞬の背筋にすーっと冷たいものが走った。

「……この扉の向こうに奈美子がいる」

「奈美子ちゃんが？」

「ああ、間違いない」

その瞬間、瞬の頭の中に予感めいたものが閃いた。もしかしたらこの扉のパスワードは……。

瞬は逸る気持ちを抑えながら、入力画面に〝735(なみこ)〟と数字を打った。すべての始まりは奈美子の存在そのものなのだ。そう思うと〝735〟という数字以外考えられないような気がしてくる。

「ダメよ。開かない……」

瞬の隣ではエマが諦めたように肩を落としている。

「いや、きっと開く」

パスワードはきっと合っているはずだ。瞬は祈るような気持ちで扉に額をつけた。背後から迫りくる追手たちが廊下を渡り切ろうとしている。瞬が諦めかけたその時、扉が左右にすーっと開いた。

「開いたわ! 早く中に!」

エマの声に急かされ、部屋へと足を踏み入れたと同時に背後の扉が閉まり、周囲は完全な静寂に包まれた。中は薄暗く、黴臭さが充満している。

追手から逃れることができた……。ほっと胸を撫で下ろしたのも束の間、瞬の鼻先に生ごみを発酵させたかのような刺激臭が漂ってきた。あまりの強烈な匂いに気が狂いそうだ。これがヘリミナルの匂いなのだろうか。

瞬はこめかみを手の甲でコンコンと叩くと、大きく息を整えた。ひどい匂いではあるが、この部屋にいる以上匂いに慣れなければならない。

ようやく気持ちに余裕が出てきたところで薄暗い室内を見渡すと、整然と並べられたテーブルの上には様々な実験用具が置かれている。自分たちが今いる場所は間違いなく研究室だ。〝アカルデミノ〟の母細胞もきっとこの部屋のどこかに保管されているに違いない。

瞬はそう確信すると、エマの方に視線を向けた。先ほどからやけに静かだが、いったいどうしたのだろうか。

「エマ……？」

瞬の呼びかけにも答えず、エマは部屋の隅を呆然とした顔つきで見つめている。その瞳にはハッキリと恐怖が色濃く表れていた。瞬の背筋に冷たいものが走った。いったいエマは何を見ているのだろうか。

「ご機嫌いかがでしょうか？」

機械とも言えるような感情のない言葉に、瞬の背筋には悪寒が走った。声のする方へ視線を向けると、そこには黒い忍び服に身を包んだ戸隠が立っていた。

「戸隠……」

「2人に会えて嬉しいですよ。遥々とこんな遠くまで来ていただけるなんて」

「嘘つけ……。そんなこと微塵も思ってないくせに」

「本当ですよ。今日という最高の日に私一人じゃどうも寂しくてね。お客様が多くて嬉しい限りです」

〝お客〟という言葉に、瞬の疑念は確信へと変わった。間違いなくこの部屋のどこかに奈美子がいる。先ほどから聞こえるすすり泣きは、瞬の脳内でますます大きくなっていった。

「奈美子はどこだ！」

瞬はありったけの憎しみを込めて戸隠を睨んだ。

「そんなに大きな声を出さないでください。ここは神聖な場所なのですから」

「生きてるのか？」

「もちろんですとも！　今はまだ眠っていますが、そろそろ起こさなくてはいけませんね」

「何する気だ……」

「もうすぐアジア各地で皆既日食が始まります。皆既日食の持つ死と再生のエネルギーがこの地に降り注ぐ時、私たちの意識は０・００１秒間肉体を離れるのです」

戸隠が何を言わんとしているか理解できず、瞬は眉根を寄せた。

「それが奈美子と何の関係がある？」

「肉体を離れた人間の意識をそのままにしておくことはできません。中国では娘の奈美子に、シンガポールでは宮本杏に容れ物としての役割を遺憾なく発揮してもらいます」

「容れ物だと……？」

「ええ、意識を収容する容れ物です。彼女たちは生贄としてこの世に生を受けたのですから、その役割を果たすのは当然です」

瞬の全身の毛穴から、大量の汗が噴き出してきた。地の底から湧き出るような無数の叫び声は瞬に必死に助けを求めている。

「今すぐその計画を中止しろ」

「それは無理です。私たちにはこの腐った世の中を改め、真の平和と理想の世界を築きあげるという崇高な目的があります。」

「ふざけんなよ……。本当にそれが正しいと思ってるのか？」

「では、あなたの言う〝正しさ〟とはいったい何なのでしょうか？」

「それは……」

戸隠の質問に、瞬は思わず口籠った。

戸隠は瞬の逡巡を感じ取ると、追い打ちをかけるかのように言葉を続けた。

「あなたは幼い頃に同級生を殺していますよね？」

「……殺したわけじゃない。あれは事故だった」

「どんな状況であれ相手を死へと追いやったのは、他ならぬあなたじゃないですか。

そんなあなたが正しさを説くとはおかしな話ですね」

戸隠は鼻で笑うと、壁に備え付けられたスイッチに手を伸ばした。背後で扉が開く音が聞こえる。

「直々に相手をしてあげたいところですが、そろそろ時間です。久々にお会いできて楽しかったですよ」

戸隠はくるりと背を向けると、再び暗闇の中へと姿を消した。

「おい！　待て！」

戸隠を追いかけようとした瞬間、ひんやりとした冷たい風が瞬の背中を撫でた。振り向く前から嫌な予感しかしないが、振り向かないわけにはいかない。

瞬は大きく息を吐き出すと、ゆっくりと後ろを振り返った。

「まじかよ……」

瞬の目の前には黒い忍び装束を身に纏った追手が立っている。ざっと見た限り30人近くはいるだろう。

エマはさっと瞬の耳元に口を近づけると、小声で呟いた。

「時間を稼いで」

「どうするつもりだ？」

「能力を使って母細胞を探す」

エマの強い口調に瞬は頷いた。

「どのくらい時間を稼げばいい？」

エマは部屋にざっと視線を巡らせた後、厳しい表情を瞬に向けた。

「そうね。10分……。いえ5分あれば……」

「なるべく急いでくれ」

腕時計に目をやると、時計の針は9時を回っている。皆既日食まではあと20分もないだろう。瞬は正面に目を向けると首を左右にポキポキと鳴らした。もはや1分1秒も無駄にはできない。

「エマ、行け！」

瞬が叫んだと同時に目の前の男たちが一斉に瞬とエマに向かって襲いかかってきた。エマの元に行かせはしない。

瞬は首元で手印を結ぶと、迫りくる男たちに鋭い視線を向けた。


薄暗い研究室に目を向けると、エマは大きく息を吐き出して五感を解放した。すべての源である母細胞は、きっと私たちに見つけられるのを待っている。あなたはどこにいるの……？　エマは目を閉じると、心の中で優しく語りかけた。

その問いかけに答えるかのように、ふわりとした香りがエマの鼻孔をくすぐった。この匂いはいったいどこから来るのだろうか。思い出せそうで思い出せないこの匂いを、私はかつて嗅いだことがある……。

エマは匂いのする方向へ顔を向けると、鼻で息を吸い込んだ。そうだ、これは懐かしい母親の匂いだ。薄いミルクのような甘ったるい匂い……。

気づけばエマの目からは一筋の涙が頬を伝っていた。なぜ泣いているのか自分でも分からなかったが、不思議と母に抱きしめられているかのような温もりが足元から伝わってくる。

エマはガラスケースの前で足を止めると、腰をかがめて引き戸を開けた。ケースの中央には細胞を凍結保管するための液体窒素タンクが収納されている。

「これだ……」

エマはケースの中からタンクを引き出すと、その蓋に手をかけた。この中にすべての始まりが存在する。そう思うと全身の筋肉が強張り、冷や汗が滴り落ちてくる。自分の一部がここにあるのだ。

エマが力を込めてゆっくりと蓋を回していくと、中からは冷たい空気と共に大量の水蒸気が溢れ出てきた。視界が遮られ、目の前が真っ白な世界に包まれる。

母はきっと私を守ってくれる。エマは目を大きく開くと、覚悟を決めたようにタンクの中に手を入れた。

底の深いタンクの中にはかなりの数の細胞保管用チューブが存在するのだろう。指先に当たる固い感触を1本1本確かめながら、エマは全神経を指先に集中させると、その中から1本のガラスチューブを取り出した。

「見つけた」

小さな声で呟くと、エマはチューブを頭上に掲げた。チューブの中で揺れる液体は暗闇の中で仄かな光を放っており、その温もりは指先にまで伝わってくる。今まで思い出すことのできなかった母の匂いが、すぐ傍で感じられるのだ。このままこの細胞を処分しなくてもバレないのではないか……。心の中でもう一人の自分が囁いた途端、その考えがひどく素晴らしいものに感じられ、エマはチューブをポケットにしまうと立ち上がった。

「エマ！　あったか？」

駆け寄ってきた瞬に向けて、エマは強張った笑みを浮かべた。

「何もなかった。きっとここには何もないわ」

この細胞を処分したくない。エマが虚ろな目を瞬の方へ向けた瞬間、頬に激しい痛みが走った。驚いた顔を向けると、目の前では瞬が真っすぐエマを見つめている。

「目、覚めたか？」

「何するのよ」

自分は一瞬何をしようとしていたのだろうか。エマはふっと笑顔を作ると、ポケットからチューブを取り出した。頭にかかっていた濃い霧がすーっとさざ波のように引いてゆく。

ごめんなさい、お母さん。やっぱり私はこの世界で生きていかないといけないの。エマは心の中で呟くと、チューブを思い切り床に叩きつけた。

ガラスの破片が宙に舞い、強い閃光が薄暗い部屋を駆け抜ける。巨大な大蛇がうなりを上げながら部屋中を這い回っているかのような光景をエマは放心状態で見つめた。

次の瞬間、強烈な光が上空でパッと輝き、部屋は元の薄闇に戻った。床には砕け散ったガラスの破片だけが残されている。

「終わった」

エマは小さな声で呟いた。

「まだ終わってない。皆既日食まで残り10分だ！」

「追手たちは？」

「あそこにいる」

瞬の示すところに目を向けると、部屋の中央で男たちが痛みに呻きながら転がっている。エマは驚いた顔で瞬を見た。

「あなたが一人でやったの？」

「他に誰がいるんだよ」

この短時間であれほどの人数を倒すことができるなんて……。エマの脳裏に不吉な予感が浮かんだ。

「腕を出して」

「今は時間が……」

「いいから早く！」

エマの有無を言わせないほどの剣幕に、瞬はしぶしぶ腕を差し出した。エマは戸棚から注射器を取り出すと、素早い動作で瞬の腕に注射針を突き刺した。

「何する気だ？」

「あなたの中の〝アカルデミノ〟が増殖してる。母細胞に反応しているんだわ」

「増殖……？」

「見て」

エマは採取された瞬の血液を指さした。血液はシリンジの中で沸騰しているかのようにぶくぶくと細かな泡を立てている。

「何だ、これ……」

「細胞分裂が起こり始めている。このままだとあなたの命が危ない……」

「あとどのくらいだ？」

「この調子だと10分持つかどうかってところね。薬は持ってる？」

瞬は頷くとポケットから小さな缶ケースを取り出した。瞬の母親の言葉が正しければ、この薬で〝アカルデミノ〟の増殖を抑えることができるはずだ。

「早くその薬を飲んで！」

エマの言葉に反応せず、瞬は身動きを取らずに押し黙っている。

「どうしたのよ？　早く！」

「体内で〝アカルデミノ〟が増殖しているなら、俺の能力が上がってるってことだよな？」

「そうよ、それがどうしたの？」

「戸隠から奈美子を助けるためにはこの能力が必要だ」

「奈美子ちゃんがここにいるとは限らない。私は何も気配を感じないわ！」

「いや、あいつは俺を呼んでいる。まだこの薬を飲むわけにはいかない」

瞬の真剣な眼差しからは、奈美子を思う強い気持ちが伝わってくる。私にはこの男を説得できそうにない。

エマは大きく息を吐き出すと腕時計に視線を向けた。今は9時10分。皆既日食まではあと12分だ。成功するか分からないが、いちかばちかの賭けに出るしかない。

「分かった。ただし10分以内に奈美子ちゃんを連れて戻ってきて」

「どうするつもりだ？」

「〝アカルデミノ〟の母細胞は液体窒素タンクの中に眠っていた。あれほどのエネルギーを秘めた細胞が大人しく眠っていたのよ。恐らく液体窒素の中に〝アカルデミノ〟の増殖を抑える成分が入っているはず……」

「ここに連れてくればいいんだな？」

瞬の言葉にエマは小さく頷いた。可能性があるとすればそれしかない。

「私はこの部屋にあるありったけの液体窒素を集める」

「分かった。エマ……。ありがとう」

瞬は首元で手印を結ぶと、部屋の奥へと猛スピードで駆け抜けていった。

無事に戻ってきて……。エマは瞬が駆け抜けていった部屋の奥をじっと見つめた。

閉じられたカプセルの中で、高は必死にもがいていた。頭上のホースから滴り落ちてくるヘリミナルの勢いは先ほどよりも増し、足元にはネバネバとした粘着状の液体が溜まり始めている。

呼吸が苦しく徐々に視界がかすんでゆく。息を吸おうにもこの強烈な匂いの中ではそれすらも本能によって拒まれてしまう。ブルーノ、悟司、メイ、キム、エマ……。そして瞬は無事だろうか。高の頭の中には走馬灯のように仲間たちの顔が次々に浮かんでは消えていった。恐らく意識を覚醒していられるのもあとわずかだろう。

高はまだ微かに動く手をぎゅっと握りしめた。もう本当に希望はないのだろうか。まだ自分にはこの世界でやり残したことがたくさんある。

死にたくない……！　そう思った瞬間、ガーン！　という衝撃音がカプセル内に響き渡り、身体中に大量の酸素が流れ込んでくるのを感じた。全身の細胞が必死で呼吸をしようと脈を打っている。いったい何が起こったのだろうか。おそるおそる目を開けると、開かれた扉の前では張が仁王立ちで立っている。

「張……」

高は恐怖に震える声で呟いた。張が目の前にいるということは、あの悟司でも敵わなかったということなのだろう。もはや勝機の道は完全に断たれたのだ。

高ががっくりと肩を落としかけたその時、聞き覚えのある懐かしい声が聞こえてきた。

「高さん！」

張の背後から姿を現した悟司を、高は驚きの目で見つめた。

「悟司くん……？」

「高！　もしかしたら罠かもしれない！」

隣のカプセルから出てきたブルーノの声に、高は自然と身を強張らせた。悟司は動じることなくじっと高を見つめている。

「高さん。僕を信じて」

悟司は一語一語しっかりとその言葉を口にした。刻一刻とタイムリミットが迫る中、今自分にできることは悟司を信じることだ。

「僕は信じるよ」

「ありがとう！　もう時間がない」

「張はどうしたの？」

高はチラリと張に視線を向けたが、相変わらず仁王立ちのまま、固まった人形のようにピクリとも動かない。

「今は僕が張の身体を支配しているんだ」

「身体を乗っ取ったってこと？」

「そう。でも長くは持たない……。急がないと」

悟司は杏の入ったカプセルに近づくと、その入口付近に手を翳した。すると次の瞬間、カプセルの扉が静かに上がってゆき、中から杏が現れた。身動き一つしない杏の身体は、人間の肉体というよりも〝容れ物〟に近い状態でじっと高を見据えている。それが〝生きている〟状態でないことは一目見ても明らかであった。

「ブルーノ、高さん。ここから離れて」

悟司は両腕を伸ばすと、杏をそっと抱き寄せた。その途端、悟司の身体が大きく震え出した。目には恐怖と不安が混ざり合ったような、底知れぬ絶望の色がありありと現れている。今この瞬間、悟司が恐ろしいほどの苦痛を味わっていることは容易に想像することができた。

「……悟司くん！」

高が悟司に駆け寄ろうとした時、背後から低い笑い声が聞こえてきた。

「バカな奴だな。杏の能力を吸収するつもりか」

驚いて振り向いた先には、張が憎々し気な表情を浮かべている。

「張……」

「忌々しい奴らめ。まとめて皆殺しにしてやる」

「そうはさせない」

高はブルーノに杏と悟司を守るように目配せすると、張の方へと向き直った。自分の能力は間違いなくこの建物に入ってから進化を遂げている。高は激しい心臓の鼓動と共に自分の能力が拡張していくのを感じた。身体中に力強いエネルギーが漲ってくる。

高は目の色をグレーへと変化させると、張に視点を合わせた。肉体の動き、空気の流れ、重力の抵抗、そのすべてを計算するのだ。

張は足を蹴り上げると、鬼のような形相で高に向かってきた。その瞳には燃えるような怒りが宿っている。高は軽やかな身のこなしで張の攻撃を避けると、チラリと背後へ視線を向けた。

悟司は青白い死人のような顔つきで杏の身体に両腕を回したままであったが、反対に杏の頬には徐々に赤みが戻り、その表情は穏やかなものへと変化してゆく。高は杏の手がピクッと動いたのを見逃さなかった。

次の一撃で必ず張を倒す。高が視線を戻すと、張はおもむろに部屋の壁に取り付けられているスイッチを押した。ブラインドが静かに上がり、窓からは眩しいほどの太陽の光と共にシンガポールを一望できる景色が広がってゆく。その明るさに驚いた高は、動きを止めた。

「いい眺めだろ?」

張の声と共に、顔面に恐ろしいほどの痛みが走り、高はその場に崩れ落ちた。足がふらつき、思うように立つことができない。一瞬でも油断した自分を高は悔やんだ。

「ほら見ろよ。もうすぐショーが始まるぞ」

上空の太陽が欠け始め、先ほどまで明るかった空は闇に包まれようとしている。急速な変化に戸惑いつつも、高は絶望へのカウントダウンが始まったことを明確に意識した。

張はさもおかしいといった様子で笑い始めた。

「何がおかしい……」

「いやぁ、この光景を見せるまで武蔵を生かしておくべきだったなぁと思ってね」

「お前が殺したのか？」

「俺じゃない。あいつは野良犬のように勝手に死んだんだよ」

高は怒りに身体を震わせながら、大きく息を吐き出した。

立て……。高が自らの肉体に向かって語りかけると、ふいに背中からじんわりとした熱が伝わってくるのを感じた。細胞の一つ一つが波打ち、心臓は激しい鼓動を鳴らしている。

高は立ち上がると、しっかりと張を見据えた。

「張。お前は終わりだよ」

高はそう言うと、張へと向かっていった。目の前の光景が数字として浮かび上がり、その先の未来が計算によって弾き出される。どう動き、どう避ければいいのか、そのすべてが高には視えていた。狙うなら今しかない。張の心臓の鼓動を読み解き、筋肉の収縮に合わせて拳を放つのだ。致死的不整脈を起こすことができれば、張の息の根を確実に止めることができる。

高は大きく息を吸い込むと、狙いを定めた。静けさの中、ドクンドクンという張の心臓の音が頭の中に響き渡る。

今だ！　次の瞬間、高は張の心臓目がけて、あらん限りの力で拳を放った。ドスンという鈍い音と共に、張がその場に崩れ落ちる。その瞳には信じられないといった驚愕の色が浮かんでいた。

高は張の心臓にゆっくりと手を当てると、躊躇なく全身の力を込めた。自分の心が機械のように冷え切ってゆくのを感じる。目の前で息絶えようとしている男を、高は氷のような眼差しで見つめた。

張は一瞬苦悶の表情を浮かべたが、そのまま静かに息を引き取った。

「武蔵……」

高は小さな声で呟くと、膝を押さえながら立ち上がった。目の前で一人の男の人生が幕を閉じたのだ。床の上に転がる男の死体を前にしても、何の感情も湧いてこない。今の自分を支配しているのは、冷々たる空虚な心だけだ。

高は瞳の色を元に戻すと、カプセルの方へと急いで向かった。

「ブルーノ！　杏ちゃんは？」

「無事だ」

ブルーノの言葉に、高は大きく息を吐いた。杏は床に身体を横たわらせ、静かに寝息を立てている。その顔は天使のように穢れなき優しい微笑を称えていた。

「……悟司くんは？」

高が視線を巡らせると、窓へ向けて足を引きずりながら歩く悟司の姿が目に飛び込んできた。呼吸は荒く、全身の皮膚が赤く焼けただれている。

「悟司くん！」

駆け寄ろうとする高を、ブルーノが後ろから止めた。

「高。もう悟司は手遅れだ」

「そんな……」

「〝アカルデミノ〟が臨界点を突破しようとしている。もう間に合わない」

高はブルーノの手を振りほどくと、悟司の傍へと駆け寄った。悟司は弱々しい笑みを浮かべながら、首を振っている。

「高さん。お願い、来ないで」

悟司の強い口調に、高は足を止めた。

「なんで自分だけ……。そうやって……」

悟司はその言葉に答える代わりに、静かに微笑んだ。それは短くも長い、尊い一瞬だった。その美しい微笑に、高は思わず息を飲んだ。

「信じてくれてありがとう。嬉しかった」

悟司は高に背を向けると、最後の力を振り絞り窓へと走っていった。その後ろ姿からは並々ならぬ覚悟と決意が伝わってくる。高は悟司が何をしようとしているのか瞬時に理解すると、その背中を夢中で追いかけた。

「待って、悟司くん……！」

悟司はガラス窓を体当たりで突き破ると、そのまま空中にその身を投じた。スローモーションのように繰り広げられる光景は、高の脳内へ一コマずつ情報を伝えてゆく。あと少しで手が届くのではないか……。

高が悟司の背中を掴もうと手を伸ばした時、背後からブルーノの叫び声が聞こえた。

「高、やめろ！　死ぬ気か!!」

ブルーノの叫び声で足を止めた瞬間、ドーン！　鼓膜が破れるほどの重低音と共に、激しい閃光が上空を貫いた。凄まじいほどの爆風が全身を駆け抜ける。立っていられないほどの衝撃に、高は思わず膝をついた。何も見えない。何も聞こえない。身体が動かない。高の五感は一時の間、その機能を完全に停止させた。だが次の瞬間、どこからか赤ん坊の泣き声が聞こえてきた。その声は幾重にも重なりながら、巨大なうねりとなって高の鼓膜を震わせる。耳の奥に響き渡る痛みに耐えながら、高はその時が終わるのをじっと待った。

分かっていた。高は誰に言うでもなく、心の中で呟いた。そう、自分は悟司が自爆することも、すべて視えていたのだ。だが、それを止めることはできなかった。悟司が自爆する以外に残された道はなかったのだ。

行き場のないいくやしさをどこにぶつけていいか分からないまま、高がその場にうずくまっていると、吹き荒れていた風が止み、周囲は静けさに包まれた。

終わったのか……？　高が顔を上げると、月によって覆われていた太陽が再びその輝きを周囲に放ち、漆黒の闇に包まれていた空は明るさを取り戻し始めている。

ふいに高の脳裏に、聖書の創世記の一節が浮かんだ。〝初めに、神は天地を創造された。地は混沌であって、闇が深淵の面にあり、神の霊が水の面を動いていた。神は言われた。光あれ〟と。そう、あれは光だ。神が求めていた光なのだ。高は目の前で繰り広げられる壮大な光景を前に、ただただ人智を超えた創造主の存在を感じた。

瞬は戸隠が消えた先を見据えながら、必死で足を動かした。エマとの約束の時間までに奈美子を救い出さなくてはならない。

研究室の奥まった箇所には、もう一つの部屋へと繋がる入口があり、瞬はそのドアの前で立ち止まった。ドアの向こう側からはただならぬほどのエネルギーと殺気を感じられる。恐らくこの中に戸隠と奈美子がいるのだろう。

瞬はドアノブに手をかけると、それをゆっくりと回した。だが、次の瞬間、自分の目に飛び込んできた光景が信じられず、瞬はその場に呆然と立ち尽くした。

「何だ、ここは……」

瞬は小声で呟いた。目の前に広がっているのは間違いなく敦煌の街並みだった。自分は夢でも見ているのだろうか。人工のライトに照らされた敦煌の街並みに人の気配はなく、街全体に薄気味悪さが漂っている。それは巨大なジオラマのように精巧で精密に再現された街と言ってよかった。

瞬は道路の両脇に並んだ露店に近づくと、売り物として置かれている唐辛子を手に取りペロッと舐めた。舌にピリッとした刺激が広がってゆく。どうやら偽物ではなさそうだ。瞬は唐辛子を口から吐き出すと、辺りを見回した。いったいこの街は何の目的で作られたのだろうか。

不吉な予感を抱きながら、店先に置かれた絵葉書を何気なく手に取った瞬間、見覚えのある男の顔が目に飛び込んできた。

「戸隠……」

瞬は小声で呟いた。絵葉書には戸隠の自画像が描かれており、その下には〝初代世界統一大統領〟の文字が記載されている。身体の奥底から湧き上がってくる怒りを抑えることができず、瞬は怒りの感情のままに絵葉書を握りつぶした。何が〝初代世界統一大統領〟だ。俺たちの人生だけでは飽き足らず、この世からすべてを奪おうというのか。

皺くちゃになった絵葉書の中では相変わらず戸隠が泣いているのか笑っているのか分からないような奇妙な笑顔を向けている。瞬は丸めた絵葉書を地面に落とすと、思い切り踏みつけた。

次の瞬間、ドーンと突き上げるような衝撃が身体全身に走り、瞬は思わずバランスを崩した。驚いて地面に目を向けると、足を踏みならした場所からは亀裂が生じ始め、その亀裂は蛇のように恐ろしいほどの速さで地面を這ってゆく。先ほどよりもさらに自分の力が肥大化していることを感じ、瞬は背中をブルッと震わせた。エマの言うように、このままでは自分の力をコントロールできなくなるのも時間の問題だろう。早く奈美子を探さなくては……。

乱れた心を整えながら辺りを見渡すと、視線の先に巨大な神殿がそびえ立っているのが目に入った。大量の血を塗りたくったかのように毒々しい朱色の外壁からは、残忍な思念がじわじわと伝わってくる。ドクンと大きく心臓が波打つと共に、瞬はあの建物の中に奈美子がいると確信した。


飛天のアーケードのある大通りを抜けて真っすぐに足を走らせると、瞬の目の前に神殿へと続く門の入口が見えてきた。中からは先ほどよりも強く奈美子の思念が伝わってくる。瞬はスピードを緩め、門の前で足を止めた。

逸る心を抑えながら神殿内に入ると、中は薄暗く、黴臭さがツーンと鼻の奥をついた。侵入者を拒むかのようにところどころに張られた蜘蛛の巣を手で掃いながら廊下を進んでいくと、目の前に四方吹き抜けの大広間が現れた。

部屋の中央には祈りを捧げるための神台が置かれており、その上には黒い布がかけられている。黒い布は人型に盛り上がっており、その下に〝何か〟が存在することを暗に示していた。神台の前では白装束を着た男が大きな背中を小刻みに揺らしながらお経のような言葉を唱えている。

「……戸隠」

瞬は小声で男の名を呼んだ。男は瞬に背中を向けたまま、真っすぐな姿勢で立ち上がるとゆっくりと顔を向けた。先ほどの絵葉書の中にいた人物が、全く同じ表情で笑みを浮かべながら佇んでいる。

「よくここまで来ることができましたね」

「奈美子はどこだ」

「あなたの目の前にいますよ」

戸隠は布に手をかけると、それを思い切り自分の方へと引っ張った。

台の上では変わり果てた状態の奈美子が虚ろな目を瞬に向けている。一糸纏わぬ姿は精巧な人形のようであり、生の気配は完全に消え去っていた。

「奈美子……！」

「奈美子に何をした？」

瞬がふらつく足取りで奈美子の元に駆け寄ろうとしたその時、手の甲に激しい痛みが走った。見ると、手の甲には小型の手裏剣が突き刺さっている。

「おっと……。大切な生贄に触らないでください」

瞬は手から手裏剣を抜くと、地面へと投げ捨てた。手の傷はみるみるうちに塞がってゆき、身体中がドクンドクンと大きく波打っている。

戸隠は感心した様子で眉を吊り上げた。

「短時間で能力が進化しているみたいですね」

「黙れ。人殺し野郎」

「何をそんなに怒っているのか知りませんが、私の娘は世界に貢献するためにこの世に生まれたのですよ？　人類の進歩に貢献することこそが彼女の使命なのです」

戸隠は薄ら笑いを浮かべながら奈美子の髪を撫でている。まるで幼い子供がおもちゃを手に入れた時のような無邪気な表情に、瞬は心の底から激しい嫌悪感を抱いた。

奈美子は相変わらず青白い顔で天井を見上げたまま、瞬き一つしない。だが瞬の脳内には、ハッキリと奈美子の心臓の鼓動が響いてきていた。彼女は間違いなく生きている。瞬は心の中で〝待っていろ〟と奈美子に向けてメッセージを送った。

「さて、そろそろ時間ですね」

戸隠は腕時計に視線を移すと、神台の下に手を伸ばし1mはあるかと思われる壺を取り出した。壺からは鼻孔をつくほどのアンモニア臭が漂っている。その中身が何であるか思い当たるやいなや、瞬はさっと顔色を変えた。

「ヘリミナルだな」

「よく分かりましたね」

「お前、奈美子の父親だろ……。なんでそんなことができるんだよ」

戸隠は顔を下に向けると、こらえきれないといった様子で腹を抱えて笑い出した。

「何がおかしい」

戸隠はひとしきり笑うと、顔を上げた。その顔からはおどけた表情は消え、見たこともないような険しい表情が浮かんでいる。

「娘は神に仕えるために生まれました。そしてこの世界では私自身が神なのです」

「そんな神ならクソくらえだな」

瞬は吐き捨てるように言うと、首元で手印を結んだ。必ずこの男の息の根を止める。

戸隠は大きなため息をつくと、忌々しそうな目で瞬を見た。

「分かりました。そこまで言うのなら私の手で直々に始末してあげましょう」

戸隠は音もなく瞬に近づくと、その拳を瞬のみぞおちへと放った。バランスを崩しかけたところに、コンクリートの塊を振り落としたかのような衝撃が背中に降りかかってくる。口から内臓が飛び出そうなほどの強烈な殴打に、瞬は腹を抱えて呻いた。地面がぐるりと回り、頭が割れそうに痛い。瞬は立っていることができず、その場に崩れ落ちた。口からは唸り声と共に胃液が漏れる。

「もっと楽しませてくれるかと思いましたが、そんなものですか」

瞬は戸隠を睨み付けると、身体の痛みを抑えて立ち上がった。身体が重く、足が思うように動かない。

「無理しない方がいいですよ。私は相手の能力を無力化させる力を持ちます。あなたがどれだけ力を進化させたところで、私の前では無意味なのですよ」

戸隠は瞬の前までゆっくりと歩いてくると、その首を片手で掴んだ。戸隠の手が瞬の首にくい込むやいなや、その力は徐々に増していく。身体が地面から浮き上がると同時に酸素が遮断されると、身体の至るところがピクピクと痙攣を起こし始めた。しばらく陸に打ち上げられた魚のように全身をバタつかせていたが、その力さえも尽き果てようとしている。

瞬はぶらりと手を下げると、全身の力を抜いた。歴然とした能力の差を見せつけられ、もはや抵抗する気力は残っていない。気づけば遠のく意識の中、瞬は政子の背中を追っていた。待って！　俺を置いていかないで！　幼い瞬は涙を浮かべながら、必死で母に手を伸ばしている。母は立ち止まると、優しい顔で振り向き、瞬に向かって手を広げた。瞬、おいで……。瞬がその腕の中に飛び込もうとした時、耳元で冷たい笑い声が聞こえた。

「その情けない死に顔は、お母さまそっくりですね」

戸隠の言葉に、瞬は全身を硬直させた。今こいつは何て言った……？　眼球の裏側に火花が散るような怒りがパチパチと弾け、全身が熱くなってゆく。

瞬はぶらりと垂らしていた腕を素早く上げると、自分の首を掴んでいる戸隠の手を両手で強く引き離し、そのまま地面に着地した。

「まだそんな力が残っていたとは驚きましたよ」

戸隠は驚きの眼差しと共に、ぴゅうっと軽く口笛を吹いた。

「母さんに何をした」

「何もしていませんよ。強いて言えば〝死んでほしい〟という私の願望を聞き入れてくれただけです」

「この野郎……」

「それにしても私のあげたネックレスを後生大事に持っていたなんて、もはや失笑に等しいですね」

「あのネックレスは、まさかお前が？」

「ええ。軽い気持ちでプレゼントしたものをずっと大事に持っていたなんて……。本当にバカな女ですよ……」

一瞬戸隠の顔に悲しみの色が過ったように思えたが、瞬はそれに気づかない振りをした。

「お前だけは許さない」

母さん、奈美子、そして隆……。もう一度俺にチャンスをくれ。

瞬は心の中で呟くと、戸隠に向かって走っていった。身体の奥底から湧き上がってくる力が、自分のスピードを後押ししてくれる。先ほどまで全身に感じていた痛みは嘘のように消え、痺れるような恍惚感が波のように次々と押し寄せてきた。それは自分が何か大きな存在に包まれていくような、不思議な感覚であった。

瞬は目視できぬほどのスピードで戸隠の前へと姿を現すと、その心臓目がけてドスッという鈍い音と共に激しいパンチを放った。戸隠は驚きの表情を浮かべながら足をふらつかせている。

「ほう。意外とやりますね」

「闘い方はお前に直々に習ったからな」

戸隠は神台の横に立てかけてあった刀を掴むと、瞬に向けて放り投げた。

「鞘を抜きなさい。最後に正々堂々と勝負をつけましょう」

瞬が鞘をすっと抜くと、中から鋭く光る銀の刃が姿を現した。瞬は刀の柄の部分をしっかりと握りしめると、その刃先を戸隠に向けた。自分の手が刀と繋がっているかのような一体感がじわじわと手の平に伝わってくる。

「容赦しないからな」

「それは私の言葉ですよ」

いつの間にか戸隠の手にも刀が握られている。瞬と戸隠は得も言われぬ緊張感の中、お互い無言で見つめ合った。手の平にじっとりと汗が滲んでゆく。

瞬は軽く膝を曲げ、何が起きても反応できる体勢を取った。太腿の筋肉に血液が集まり、全身の神経が研ぎ澄まされてゆく。

戸隠の腕がピクッと動いた。瞬は首元で手印を結ぶと同時に、地面を蹴り上げ宙に浮いた。身体がまるで羽が生えたかのように軽い。瞬は空中で柄を握り直すと、戸隠の頭上目がけて刀を振り下ろした。キーンという金属音が神殿内に響き渡る。視線の先では戸隠が自らの刀で瞬の刃を受け止めていた。

「くそ……」

「次は私の番ですよ」

戸隠は瞬の刀を振り払うと、再びその刃先を向けた。来る。瞬が後ろへ下がり間合いを取ったと同時に、戸隠は猛スピードで瞬の方へと向かってきた。顔のすぐ横で振り下ろされた刀が風を切る。刀と刀が火花を散らしながら交錯する。狂おしいまでの緊張感と躍動感の中、瞬の脈拍は最高潮まで達しようとしていた。〝アカルデミノ〟が最高潮に達し、全身の細胞が拡張しようともがいている。

「そろそろ死んでもらいましょうか」

視線を後ろに向けると、すぐ背後に壁が迫っている。戸隠はニヤリと笑うと、上空で刀を構えた。瞬の脳内では走馬灯のように過去から現在までの記憶が駆け巡ってゆく。この世界で生きてゆくためには闘わなくてはならない……。

瞬は大きく息を吸い込むと、戸隠が刀を振り下ろしたと同時に、腰をかがませ刀を真横に振りきった。

2人の動きが止まり、室内は完全な静寂に包まれた。

次の瞬間、戸隠が地面に片膝をついた。その膝からは大量の血が滴り落ちている。戸隠は信じられないといった顔つきで瞬を見た。その瞳の中には未知の存在に対する恐怖の色がありありと宿っている。

瞬は憎悪に燃え滾った瞳を戸隠に向けた。次でこの男の息の根を止める。

瞬がとどめを刺そうとした瞬間、背後でパサリと布が落ちる音が聞こえた。驚いて振り向くと、視線の先には虚ろな眼差しを向けた奈美子が立っている。

戸隠は地面に這いつくばったまま、必死の形相で瞬を指さした。

「奈美子！　さぁ、父さんと人類のためにあの男を殺すのです」

奈美子は死人のような表情で近づくと、青い唇を静かに動かした。

「もういいよ。終わりにしよう」

奈美子は戸隠の手を両手で握りしめると、そっと目を瞑った。戸隠は必死になって奈美子の手を振りほどこうと試みているが、その手は接着剤で貼りついたかのようにピタリとくっついて離れない。

「奈美子……。父さんの手を離しなさい」

「嫌よ」

瞬は奈美子の元へと駆け寄ろうとしたが、見えない壁のようなものに弾き飛ばされた。

「お願い……。来ないで」

奈美子は瞬に視線を向けると、優しく微笑んだ。

「何をするつもりだ……？」

「ごめんね。一人で逝くのは寂しいから、この男を連れていく」

奈美子の身体からアンモニアのような悪臭と共に煙が立ち昇ってゆく。

「一緒に帰ろう！」

瞬の叫びに、奈美子は首を横に振った。

「ありがとう……。でもいいの。早くここから逃げて」

「でも……」

「最後に瞬に会えて良かった」

奈美子の足元から真っ赤な火柱が竜のように立ち昇った。奈美子の隣では戸隠が身を捩らせながら聞くに堪えぬ呪詛の言葉を叫んでいる。

「お願い……。早く行って！」

奈美子の叫び声と共に、瞬は駆け出した。後ろを振り返ってはいけない、そう思いながらも背後からは奈美子の息遣いを狂おしいほどに感じることができる。

瞬はもう一度後ろを振り返り、炎に包まれてゆく奈美子を見た。

「奈美子！」

奈美子は笑みを浮かべると、その手を高く上げた。炎の中で微笑む奈美子はこの世のものとは思えぬほどの美しさを放っている。それはまさに人間という存在を凌駕した別の存在といってもよかった。

背後からはドーンドーンという爆発音と共に、燃え盛る炎が襲いかかってくる。

早く……速く……。瞬は一心不乱に足を動かすと、光の差す方向へと走っていった。


エマは1分1秒と過ぎてゆく時間を前に、心の中をかき乱されるかのような激しい焦燥感に襲われていた。何度見たか分からない時計の針は、9時20分を指している。残された時間はあとわずかだ。

瞬は無事なのだろうか……。エマが憂わしげに顔を上げた瞬間、ドーンドーンという激しい爆発音と共に、部屋の奥から電光石火のごとく駆け抜けてくる瞬の姿が見えた。

「瞬!」

初めてその名を呼んだ瞬間、エマの中で瞬の存在が特別になったような気がした。自分は今まで何を遠慮していたのだろうか。エマはその時初めて、自分がこの男と共に生きたいと思っていることを痛切に感じた。

「奈美子ちゃんは？」

瞬はエマの前で足を止めると、顔を横に振った。俯いたその表情からは筆舌に尽くしがたいほどの悲しみと絶望が伝わってくる。エマはそっと瞬の肩に手を置いた。今はどのような慰めの言葉も、この男には無用だろう。

「悲しむのは後よ。今はここから逃げないと」

エマが瞬の顔を覗き込むと、その顔は死人のように蒼白で唇は真っ青に染まっている。

「ちょっと！　大丈夫？　すぐに薬を……」

エマは瞬のポケットから薬を取り出そうとしたが、瞬の手によって阻止された。

「ちょっと！　何するの？」

「これを飲むのはもう少し後だ」

「何言ってるのよ！　もう限界よ！　早く薬を飲まないと死ぬわよ」

「俺の身体はまだ耐えられる。ここから脱出するためには〝アカルデミノ〟の力が必要なんだ」

次の瞬間、エマの身体がふわっと宙に浮いた。驚いて下に視線を向けると、瞬が自分の身体を担いでいる。全身の筋肉の痙攣からも、想像を絶する苦しみに襲われているのだろう。

「お前を死なせない」

瞬はそう言うと、エマを見つめた。その目には光が宿っている。

この男を信じよう。エマは大きく頷くと瞬の首に両腕を回した。

視界がぐらりと揺れたと同時に、見るものすべてが目もくらむ速さで通り過ぎてゆく。身体に加わる衝撃に顔を歪ませながら、エマは必死で瞬の身体を掴んだ。爆発音が恐ろしいほどの勢いで背後から迫ってくる。身体が燃えるように熱い。

もう少し……。もう少し……。エマは自分と瞬に言い聞かせるように小声で呟きながら目を瞑った。

エピローグ

今にも消え入りそうな、弱々しい蝉の鳴き声がどこからともなく聞こえてくる。うっすらと目を開けると真っ白い天井が視界に入った。ここはどこだろうか。

瞬はゆっくりベッドから起き上がると、ズキズキと痛む頭を手で押さえた。

「目、覚めたかしら？」

声のする方に目を向けると、丸椅子に腰かけるエマが心配そうな顔を向けている。その顔や腕には包帯が巻かれていたが、たいした怪我ではなさそうだ。瞬はエマの血色のいい表情を見て安堵のため息を漏らした。

「エマ……。無事でよかった」

「瞬が無茶ばかりするから、私の寿命まで縮んだじゃないの」

「ごめん」

「謝らなくてもいいわよ。私も瞬も無事だった。それで十分よ」

「ここはどこだ？」

「北京市内の病院よ。あの後すぐに大爆発が起きて、私たちも危機一髪だったわ」

瞬は窓の方へと視線を向けた。窓の外からは靄がかった北京の街並みがぼんやりと浮かび上がっている。行き交う人々は思い思いの表情を浮かべながら、いつもと変わらぬ日常を送っているに違いない。ふと瞬の脳裏に、無邪気な笑顔を向ける奈美子の顔が過った。

「助けられなかった……」

こぼれ落ちる涙を抑えることができず、瞬は布団に顔を埋めた。この感情を何と呼べばいいのだろうか。この短期間で奈美子の存在は瞬の中で掛け替えのない存在へと変化していた。瞬は渦巻く胸の痛みを止めようと、大きく深呼吸してみたものの、悲しみの波が次から次へと押し寄せてくるのを止めることはできそうにない。

「どうして奈美子だったんだ……。どうして……」

瞬は何度も小さな声で呻いた。

「これ以上自分を責めないで」

エマはそう言うと、優しく瞬の身体に両腕を回した。エマの鼓動が瞬の身体へと伝わってくる。他人の温もりがこれほどまでに心地良いことを、瞬は生まれて初めて知った。

「瞬はお姉さんの血を背負い、これからの人生を生きていくの」

「血を背負う？」

「ええ。瞬も分かっているでしょ？」

瞬はエマの言葉に小さく頷いた。自分の心臓はドクドクと音を立てて、血を巡らせている。自分の血の中にはたくさんの思いが込められているのだ。

瞬はエマを真っすぐ見つめると、小さな声で呟いた。

「奈美子は幸せだったかな……」

「ええ。幸せだったはずよ。あなたに愛され、必要とされたから」

「エマ。ありがとう。お前がいてくれて良かった」

エマは瞬の元から身体を引き離すと、いたずらそうな笑みを浮かべた。

「ねぇ、良いことを教えてあげましょうか？　松原隆くんは死んでいないわよ」

思いもかけないエマの言葉に、瞬は思わず目を見開いた。

「どういうことだ……？　なんで隆のことを知ってるんだ？」

「ずっと寝言でその名前を口にしていたからよ。しきりに夢の中で謝っているから何事かと思って調べてみたら、小学生時代に校庭の屋上から落下し、そのまま意識不明の植物人間になっていたようね」

「そうだったのか……」

「知らなかったの？」

「ああ。俺は事件の後すぐ転校したし、てっきり死んだのかと思ってた」

「ずっと死んだような状態だったみたいだけど、先ほど意識を取り戻したようよ」

瞬は高鳴る胸の鼓動を抑えることができず、期待を込めた眼差しをエマに向けた。

隆との様々な記憶が脳内を駆け巡ってゆく。なぁ、隆は俺を許してくれたのかな？

瞬が心の中で呟くと、エマは小さな声で囁いた。

「許してくれたはずよ」

瞬の心に巣食っていた罪悪感が少しずつ和らいでゆく。初めて自分がこの世界で生きていてもいいのだ、と心から思えた気がした。

「エマ……」

瞬がエマの肩に手を回そうとした時、病室のドアが乱暴に開き、大勢の足音が部屋へと入ってきた。

「あー！　イチャイチャしてる！」

懐かしい声に驚いて顔を上げると、そこには高、ブルーノ、メイ、キムの4人が立っている。

高はベッド脇まで歩いてくると、腰をかがめて瞬の顔を覗き込んだ。

「何だ、元気そうじゃん」

「高……。生きてたのか」

「勝手に殺さないでよね」

いつもと変わらない調子の高に、瞬の気持ちは少し和らいだ。瞬は弱々しい顔で笑うと、その場にいるメンバーの顔を順々に見ていった。皆無事で良かった。そう思った矢先、この場に悟司がいないことに気づき、瞬はさっと顔色を変えた。

「悟司くんは……？」

高は長い睫毛を伏せると、首を横に振った。瞬はその時初めて高の手が震えていることに気が付いた。明るく振る舞いながらも、高は高なりに悲しみに耐えているのだろう。瞬は目を閉じ、まだあどけない悟司の顔を思い浮かべた。

高は無言で下を向いていたが、急に意を決したように顔を上げた。

「１００％死んだとは言いきれない……」

「どういうことだ？」

「それは……」

言い淀む高に痺れを切らしたかのように、ブルーノが一歩前へ進み出てきた。

「高、諦めろ。悟司は死んだ」

「でも死体は見つかっていないんだよ。まだ分からないよ」

「夢にすがりつくのはやめろ！」

「すがりついたっていいじゃん！」

高の叫び声と共に部屋は静寂に包まれた。誰も一言も言葉を発さない。

瞬は窓の外を見た。この世界は戸隠がいてもいなくても残酷だ。どんよりと曇った空はこの世界の有様を映し出している。死ぬ命がある一方、生きる命がある。俺たち人間は何かしらの感情を抱えて生きていかなければならないのだ。それがこの世界で〝生きる〟ということなのだろう。

その時、遠慮がちにドアが開く音が聞こえた。驚いて視線を向けた先には、幼い頃の面影を残したままの美しい少女が立っている。少女は今にも泣き出しそうな顔でじっと瞬を見つめていた。

「杏！」

瞬は思わず少女の名を口にした。血を分けた妹が、今、自分の目の前に立っている。瞬にとってはその事実こそ、奇跡に近いことだった。

杏は長い年月を埋めるかのように、一歩一歩ゆっくりした足取りで瞬の方へと近づいてくる。どんな言葉をかけたら、失われた時間を取り戻すことができるのだろうか。

瞬は杏に向けて手を広げた。今は言葉よりも何よりも、目の前の妹をただただ抱きしめたい……。

「お兄ちゃん！」

杏は瞬の元へと駆け寄ると、その胸に顔を埋めた。全身に杏の温もりが伝わってくる。その瞬間、瞬の目からもとめどなく涙がこぼれ落ちていた。瞬は心の中で何度も家族の名を呼んだ。悲しみと嬉しさの波が交互に押し寄せ、突き上げるような感情が押し寄せてくる。

杏も瞬の苦悩を感じ取ったかのように、小刻みに身体を震わせながら静かに涙を流していた。2人の間に言葉は必要なかった。肌と肌を通した温もりが、固い絆となって2人を結びつけていた。

曇っていた空から一筋の明かりが差し込み、開けられていた病室の窓からは柔らかい風がそっと入り込んでくる。先ほどまで聞こえていた蝉の声は、いつの間にか消え去っていた。

この世界は、愚かだけれど美しい。自分は残酷なこの世界で大切な人たちと共に生きてゆく。瞬はもう一度杏をきつく抱きしめると、そっと目を瞑った。


スティーブは作業着の乱れを正すと、額から流れ出る汗を手で拭った。1週間前にフュージョノポリスタワー前で起こった謎の爆発の影響で道路には瓦礫が転がっている。目の前に広がるごみの山はまだまだ片付きそうにない。この分だとすべての瓦礫を撤去するのにあと1週間はかかるだろう。ここまで激しい爆発の原因はいったい何なのだろうか。

スティーブは大きく息を吐き出すと顔を上げた。さて、そろそろ休憩にするか。周りを見渡すと先ほどまでいた作業員たちの姿が見えない。あいつらもう休憩に行ったのかよ。スティーブはぶつくさと文句を言いながら、持っていたスコップをその場に放り投げた。時間通りにちまちまと作業している自分がバカらしくなる。この瓦礫の山からお宝でも出てきたら少しは報われるのに……。

スティーブが恨めしそうな表情で周囲を見渡すと、何かが視界の端をさっと横切った。何だ……。今の？　見てはいけない、と本能が告げていたが、本能とは裏腹に抑えきれない好奇心がスティーブの身体を動かした。

スティーブは慎重な足取りで一歩一歩近づくと、かがみ込んで〝それ〟を見た。

俺は夢でも見ているのだろうか。スティーブは顔をつねったが、顔には鈍い痛みが走る。これは夢ではないのだ。

スティーブの目の前では白い砂のようなものが恐ろしい勢いで一点に集約している。それはまるで生物のように何かの形を創ろうとしていた。

「何を見ているのですか？」

背後から聞こえた男の声に、スティーブは身体を硬直させた。なぜだか震えが止まらない。振り向いてはいけないと思ったが、どうやら抗うことは不可能らしい。

遠くで雷鳴が鳴り響いたと同時に、スティーブは後ろを振り返った。

Extension World 1 発現
古谷美里

発行日　2017年 11月 15日　第1刷

Discover

Illustrator　影山徹
Book Designer　國枝達也
Format Designer　bookwall

Publication　株式会社ディスカヴァー・トゥエンティワン
〒102-0093　東京都千代田区平河町2-16-1
平河町森タワー11F
TEL　03-3237-8321(代表)
FAX　03-3237-8323
http://www.d21.co.jp

Publisher　干場弓子
Editor　林拓馬

Proofreader　文字工房燦光
DTP　アーティザンカンパニー株式会社
Printing　株式会社暁印刷

ISBN978-4-7993-2196-6